BRÁS, BEXIGA E BARRA FUNDA

NOTÍCIAS DE SÃO PAULO

ANTÔNIO DE ALCÂNTARA MACHADO

Prêmio internacional HOW Design Annual — 2010
para as capas da coleção. *How Magazine* é
renomada revista americana de design gráfico

Prêmio internacional AIGA 50 Books/50Covers — 2008
para o projeto gráfico da coleção pelo
American Institute of Graphic Arts (AIGA)

1ª edição

Conforme a nova ortografia

BRÁS, BEXIGA E BARRA FUNDA
NOTÍCIAS DE SÃO PAULO
ANTÔNIO DE ALCÂNTARA MACHADO

CLÁSSICOS
SARAIVA

Editora
Saraiva

CLÁSSICOS SARAIVA

Gerente editorial
Rogério Gastaldo

Coordenação editorial e de produção
Edições Jogo de Amarelinha

Editora-assistente
Solange Mingorance

Projeto gráfico, capa e edição de arte
Rex Design

Ilustração da capa
Carvall

Diagramação
Rex Design

Cotejo de originais
Viviane Teixeira Mendes

Revisão
Miriam de Carvalho Abões, Denise Dognini e Fernanda Magalhães

Elaboração *Diários de um Clássico* e *Contextualização Histórica*
Luiz Ribeiro e Sidnei Xavier dos Santos

Elaboração *Suplemento de Atividades*
Rita Narciso Kawamata e Sidnei Xavier dos Santos

Elaboração *Entrevista Imaginária* e *Projeto Leitura e Didatização*
Davi Fazzolari

Impressão e acabamento
Bartira

Dados Internacionais de Catalogação na Publicação (CIP)
(Câmara Brasileira do Livro, SP, Brasil)

Machado, Antônio de Alcântara
Brás, Bexiga e Barra Funda : notícias de
São Paulo / Antônio de Alcântara Machado. --
São Paulo : Saraiva, 2009. -- (Clássicos Saraiva)

Suplementado por caderno de atividades.
Suplementado por roteiro do professor

ISBN 978-85-02-07943-4
1. Contos brasileiros I. Título. II. Série.

09-04448   CDD-869.93

Índice para catálogo sistemático:
1. Contos : Literatura brasileira 869.93

6ª tiragem, 2017

© Editora Saraiva, 2009
SARAIVA Educação Ltda.
Av. das Nações Unidas, 7221 – Pinheiros
CEP 05425-902 – São Paulo – SP
Tel.: (oxx11) 4003-3061
www.editorasaraiva.com.br

CL:810012
CAE: 571317

Caro leitor,

Durante todo o ensino fundamental, o estudante terá percorrido oito ou nove anos de leitura de textos variados. Ao chegar ao ensino médio, ele passa a ter contato com o estudo sistematizado de Literatura Brasileira. Nesse sentido, aprende a situar autores e obras na linha do tempo, a identificar a estética literária a que pertencem etc. Mas não passa, necessariamente, a ler mais.

*É tempo de repensar esse caminho. É hora de propor novos rumos à leitura e à forma como se lê. Os **CLÁSSICOS SARAIVA** pretendem oferecer ao estudante e ao professor uma gama de opções de leitura que proporcione um modo de organizar o trabalho de formação de leitores competentes, de consolidação de hábitos de leitura e também de preparação para o vestibular e para a vida adulta. Apresentando obras clássicas da literatura brasileira, portuguesa e universal, oferecemos a possibilidade de estabelecer um diálogo entre autores, entre obras, entre estilos, entre tempos diferentes.*

Afinal, por que não promover diálogos internos na literatura e também com outras artes e linguagens? Veja o que nos diz o professor William Cereja: "A literatura é um fenômeno artístico e cultural vivo, dinâmico, complexo, que não caminha de forma linear e isolada. Os diálogos que ocorrem em seu interior transcendem fronteiras geográficas e linguísticas. Ora, se o percurso da própria literatura está cheio de rupturas, retomadas e saltos, por que o professor, prendendo-se à rigidez da cronologia histórica, deveria engessá-la?".

*Esperamos oferecer ao jovem leitor e ao público em geral um panorama de obras de leitura fundamental para a formação de um cidadão consciente e bem-preparado para o mundo do século XXI. Para tanto, além da seleção de textos de grande valor da literatura brasileira, portuguesa e universal, os **CLÁSSICOS SARAIVA** apresentam, ao final de cada livro, os DIÁRIOS DE UM CLÁSSICO – um panorama do autor, de sua obra, de sua linguagem e estilo, do mundo em que viveu e muito mais. Além disso, oferecemos um painel de textos para a CONTEXTUALIZAÇÃO HISTÓRICA – contextos históricos, sociais e culturais relacionados ao período literário em que a obra floresceu. Por fim, oferecemos uma ENTREVISTA IMAGINÁRIA com o Autor – uma conversa fictícia com o escritor em algum momento-chave de sua vida.*

Desejamos que você, caríssimo leitor, desfrute do prazer da leitura. Faça uma boa viagem!

SUPLEMENTO DE ATIVIDADES

OS LUSÍADAS
LUÍS DE CAMÕES

CLÁSSICOS
SARAIVA

NOME: _____

Nº: _____ ANO: _____

ESCOLA: _____

1

Luís de Camões é considerado o maior escritor da língua portuguesa. Sua obra principal, *Os lusíadas*, segue a inspiração de épicos da Antiguidade, como a *Odisseia*, de Homero, e a *Eneida*, de Virgílio, para contar a epopeia da construção do império lusitano. Considerado unanimemente um poeta magistral, Camões teve uma vida movimentada, repleta de aventuras e de dificuldades materiais. Foi amigo do rei, frequentou a corte lusitana, guerreou em batalhas, envolveu-se com mulheres estrangeiras e, no final de sua vida, amargou na miséria, após envolver-se em polêmicas com o clero e com a nobreza.

As atividades a seguir pretendem ampliar a compreensão de *Os lusíadas* e de seu tempo, e devem ser feitas após a leitura da obra, dos Diários de um Clássico e da Contextualização Histórica. A maioria das questões foi retirada de vestibulares das principais universidades brasileiras.

Bom trabalho!

UMA OBRA CLÁSSICA

1. A que escola literária pertence o épico *Os lusíadas*? Quais são as principais características desse movimento?

_____

_____

_____

_____

_____

_____

_____

_____

_____

2. A questão a seguir caiu no vestibular da Poli (SP):

CAMÕES EM ALEMÃO

"Nas pequenas obras líricas de Camões encontramos graça e sentimento profundo, ingenuidade, ternura, melancolia cativante, todos os graus de sentimentos mais debilitados, indo do prazer mais suave até o desejo mais ardente, saudade e tristeza, ironia, tudo na pureza e claridade da expressão simples, cuja beleza não podia ser mais acabada, e cuja flor não podia ser mais florescente. Seu grande poema, *Os lusíadas*, é um poema heroico no pleno sentido da palavra. Camões tira do poeta Virgílio a ideia de um poema épico nacional que compreenda e apresente, sob a luz mais fulgurante, a fama, o orgulho e a glória de uma nação desde suas mais antigas tradições."

(Este trecho foi extraído do curso de Friedrich Schlegel (1772-1829), conceituado filósofo romântico alemão, sobre história da literatura europeia, e publicado no Caderno Mais do jornal *Folha de S.Paulo*, em 21 de maio de 2000.)

d) tem como núcleo narrativo a viagem de Vasco da Gama, a fim de estabelecer contato marítimo com as Índias;
e) é composto em sonetos decassílabos, mantendo em 1.102 estrofes o mesmo esquemas de rimas.

A NARRATIVA

5. (Fuvest) Em *Os lusíadas*, as falas de Inês de Castro e do Velho do Restelo têm em comum:
a) a ausência de elementos de mitologia da Antiguidade clássica.
b) a presença de recursos expressivos de natureza oratória.
c) a manifestação de apego a Portugal, cujo território essas personagens se recusavam a abandonar.
d) a condenação enfática do heroísmo guerreiro e conquistador.
e) o emprego de uma linguagem simples e direta, que se contrapõe à solenidade do poema épico.

4

6. (UFRGS) Assinale com V (verdadeiro) ou F (falso) as afirmações abaixo, relacionadas aos Cantos I a V da epopeia *Os lusíadas*, de Camões:
( ) A presença do elemento mitológico é uma forma de reconhecimento da cultura clássica, objeto de admiração e imitação no Renascimento.
( ) A disputa entre os deuses Vênus e Baco, da mitologia clássica, é um recurso literário de que Camões faz uso para criar o enredo de *Os lusíadas*.
( ) Do Canto I ao Canto V leem-se as peripécias da viagem dos portugueses até a sua chegada à Índia, quando eles tornam posse daquela terra.
( ) No Canto II, lê-se a narração da viagem dos portugueses a Melinde, cujo rei pede a Camões que conte a história de Portugal.

12. Leia o trecho a seguir:

[...] Sobretudo a partir de 1433, com a criação da escola de Sagres, os portugueses vinham aperfeiçoando técnicas de navegação e de construção naval. Avançaram ao longo da costa da África, com a meta de chegar às Índias. Tanto esforço se explicava. A vida na Europa era dura, a fome constante no inverno. Os alimentos conservados só podiam ser consumidos com temperos ("especiarias") do Oriente, muito caros devido às complicações das rotas terrestres. E, em 1498, Vasco da Gama encontrara afinal a rota marítima até as Índias.

[...]

As especiarias eram coletadas por comerciantes indianos e chineses em todo o Oriente e transportadas em grandes caravanas através do continente asiático até o litoral do Mediterrâneo. Ali eram compradas por mercadores turcos ou italianos e depois redistribuídas pelo interior da Europa. A viagem por mar, apesar de todos os perigos, era bem mais rápida – e menor o número de intermediários. Por isso, cada travessia bem-sucedida gerava lucros enormes, vindo daí a tentação da conquista.

CALDEIRA, Jorge et all. "A grande expansão". In: *Viagem pela história do Brasil.* São Paulo: Companhia das Letras, 1997, p. 19 e 20.

De que forma o texto acima se relaciona com a obra de Luís de Camões, *Os lusíadas?*

_____

_____

_____

_____

_____

_____

_____

_____

_____

_____

Agora é com você, caro leitor.

Valendo-se das orientações a seguir e das suas respostas às atividades de leitura, elabore uma nova entrevista com o autor, mais ou menos como a Entrevista Imaginária do final do livro.

Que perguntas você faria, se tivesse a oportunidade de conversar com Luís de Camões? Com base na obra e na vida do poeta, dê asas à criatividade e imagine as respostas que ele daria.

Camões teve uma vida atribulada e repleta de aventuras. Você pode perguntar, por exemplo, sobre suas campanhas militares. Em uma batalha no Marrocos, ele perdeu o olho direito. Como será que isso aconteceu?

De volta a Portugal, o poema teve problemas com a justiça porque duelou com um pajem e o feriu gravemente. Qual teria sido o motivo do duelo?

Em seguida, Camões foi para o Oriente. Em Macau, China, o poeta começou a escrever sua obra maior, *Os lusíadas*. Como ele teve essa ideia? Alguns estudiosos dizem que Camões pensou em escrever seu poema épico ainda em Portugal. Será que foi mesmo? Diz a lenda que ele escreveu *Os lusíadas* em uma gruta onde se refugiava todos os dias. Por que ele teria escolhido esse local? Também na China, ele teve uma companheira a quem dedicou alguns poemas, Dinamene. Como eles se conheceram? Ela morreu afogada em um naufrágio que sofreu com Camões. O poeta tratou de salvar os originais de *Os lusíadas* e não conseguiu ajudar a namorada. Como será que ele se sentiu com o acontecimento? Será que ele se arrependeu? Será que o sentimento por sua obra era maior que o amor que ele nutria por Dinamene?

De volta à Índia, Camões se viu na maior pobreza. Por isso, convidou cinco nobres portugueses para um banquete, onde serviu, em vez de comida, versos. O que ele pretendia com isso?

Outro fato curioso sobre Camões é que ele foi soldado e, ao mesmo tempo, poeta. As duas vocações são conciliáveis? Como ele combinava a disposição do militar com a sensibilidade de escritor?

Use o conhecimento que você adquiriu com *Os lusíadas* e com as leituras complementares e lance mão de sua criatividade.

Bom trabalho e boa diversão!

Tendo em vista a citação anterior seria **incorreto** afirmar que:

a) Em *Os lusíadas*, Camões resgata alguns episódios tradicionais portugueses, como o de Inês de Castro.

b) Em *Os lusíadas*, Camões invoca as Tágides, ninfas do rio Tejo, a fim de que lhe deem inspiração na construção deste seu poema heroico.

c) Em *Os lusíadas*, Camões canta a fama e a glória do povo português.

d) Em *Os lusíadas*, Camões narra a viagem de Vasco da Gama às Índias, sendo este navegador o grande herói português aclamado no poema.

e) Em *Os lusíadas*, Camões dedica o poema a Dom Sebastião, e encerra tal obra um tanto quanto melancólico diante da estagnação cultural portuguesa.

3. (Unisa) Assinale a alternativa **incorreta**, em relação a *Os lusíadas*, de Luís de Camões:

3

a) Foi publicada em 1572.

b) Contém 10 cantos.

c) Contém 1.102 estrofes em oitava rima.

d) Conta a viagem de Vasco da Gama às Índias.

e) N.d.a.

4. (Mackenzie-SP) Sobre o poema *Os lusíadas*, é **incorreto** afirmar que:

a) quando a ação do poema começa, as naus portuguesas estão navegando em pleno Oceano Índico, portanto no meio da viagem;

b) na Invocação, o poeta se dirige às Tágides, ninfas do rio Tejo;

c) na ilha dos Amores, após o banquete, Tétis conduz o capitão ao ponto mais alto da ilha, onde lhe desvenda a "máquina do mundo";

a) V— V— V— F
b) V — F — F — V
c) F — V — F — V
d) F — F — V— F
e) V — V — F — F

O NARRADOR

7. (PUC-PR) Sobre o narrador ou narradores de *Os lusíadas*, é lícito afirmar que:
a) Existe um narrador épico no poema: o próprio Camões.
b) Existem dois narradores no poema: O eu-épico, Camões fala através dele, e o outro, Vasco da Gama, que é quem dá conta de toda a História de Portugal.
c) O narrador de *Os lusíadas* é Luís de Camões.
d) O narrador de *Os lusíadas* é o Velho do Restelo.
e) O narrador de *Os lusíadas* é o próprio povo português.

5

8. (Unisa) A obra épica de Camões, *Os lusíadas*, é composta de cinco partes, na seguinte ordem:
a) Narração, Invocação, Proposição, Epílogo e Dedicatória.
b) Invocação, Narração, Proposição, Dedicatória e Epílogo.
c) Proposição, Invocação, Dedicatória, Narração e Epílogo.
d) Proposição, Dedicatória, Invocação, Epílogo e Narração.
e) N.d.a

Quem quer passar além do Bojador
Tem que passar além da dor.
Deus ao mar o perigo e o abismo deu,
Mas nele é que espelhou o céu.

PESSOA, Fernando. In: *Mensagem*. (Clássicos Saraiva, 2010)

TEXTO II

"Em tão longo caminho e duvidoso
Por perdidos as gentes nos julgavam,
As mulheres co'um choro piedoso,
Os homens com suspiros que arrancavam.
Mães, esposas, irmãs, que o temeroso
Amor mais desconfia, acrescentavam
A desesperação e frio medo
De já nos não tornar a ver tão cedo."

CAMÕES, Luís de. In: *Os lusíadas*. (Clássicos Saraiva, 2010)

8

A partir dos trechos e de seus conhecimentos de *Os lusíadas*, assinale a alternativa incorreta.

a) O texto II pertence ao episódio "O velho do Restelo", de *Os lusíadas*, em que Camões indica uma crítica às pretensões expansionistas de Portugal, nos séculos XV e XVI.
b) Apesar das diferenças de estilo, tanto o texto de Camões quanto o de Fernando Pessoa indicam uma mesma ideia: a de que o caráter heroico das descobertas marítimas exige e justifica riscos e sofrimentos.
c) O fato de Camões, em *Os lusíadas*, lançar dúvidas sobre a adequação das conquistas ultramarinas – o assunto principal do poema – contrapõe-se ao modelo clássico da epopeia.
d) Ainda que abordem uma mesma circunstância histórica e ressaltem as mesmas reações humanas, o texto de Fernando Pessoa e o episódio "O velho do Restelo" chegam a conclusões diferentes sobre a validade das navegações portuguesas.
e) Os dois textos referem-se aos sofrimentos que a expansão marítima portuguesa provocou.

10. (PUC-SP) Dos episódios Inês de Castro e O Velho do Restelo, da obra *Os lusíadas*, de Luís de Camões, **NÃO** é possível afirmar que:

a) O Velho do Restelo, numa antevisão profética, previu os desastres futuros que se abateriam sobre a Pátria e que arrastariam a nação portuguesa a um destino de enfraquecimento e marasmo.

b) Inês de Castro caracteriza, dentro da epopeia camoniana, o gênero lírico porque é um episódio que narra os amores impossíveis entre Inês e seu amado Pedro.

c) Restelo era o nome da praia em frente ao templo de Belém, de onde partiam as naus portuguesas nas aventuras marítimas.

d) Tanto Inês de Castro quanto O Velho do Restelo são episódios que ilustram poeticamente diferentes circunstâncias da vida portuguesa.

e) O Velho, um dos muitos espectadores na praia, engrandecia com sua fala as façanhas dos navegadores, a nobreza guerreira e a máquina mercantil lusitana.

7

INTERTEXTUALIDADE

11. (Fuvest) Leia os textos que seguem.

TEXTO I – MAR PORTUGUÊS

Ó mar salgado, quanto do teu sal
São lágrimas de Portugal!
Por te cruzarmos, quantas mães choraram,
Quantos filhos em vão rezaram!
Quantas noivas ficaram por casar
Para que fosses nosso, ó mar!

Valeu a pena? Tudo vale a pena
Se a alma não é pequena.

9. (Fuvest) Leia os versos transcritos de *Os lusíadas*, de Camões, para responder ao teste.

Tu, só tu, puro Amor, com força crua,
Que os corações humanos tanto obriga,
Deste causa à molesta morte sua,
Como se fora pérfida inimiga.
Se dizem, fero Amor, que a sede tua
Nem com lágrimas tristes se mitiga,
É porque queres, áspero e tirano,
Tuas aras banhar em sangue humano.

Assinale a afirmação **incorreta** em relação aos versos transcritos:

a) A apóstrofe inicial da estrofe introduz um discurso dissertativo a respeito da natureza do sentimento amoroso.

b) O amor é compreendido como uma força brutal contra a qual o ser humano não pode oferecer resistências.

c) A causa da morte de Inês é atribuída ao amor desmedido que subjugou completamente a jovem.

d) A expressão "se dizem" indica ser senso comum a ideia que brutalidade faz parte do sentimento amoroso.

e) Os versos associam a causa da morte de Inês não só à força cruel do amor, mas também aos perigosos riscos que a jovem inimiga representava para o rei.

6

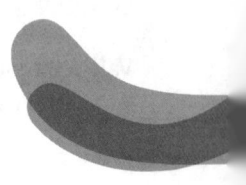

SUMÁRIO

BRÁS, BEXIGA E BARRA FUNDA

À memória
de
LEMMO LEMMI
(VOLTOLINO)[1]
e ao triunfo dos novos mamalucos[2]

ALFREDO MARIO GUASTINI
VICENTE RAO
ANTÓNIO AUGUSTO COVELLO
PAULO MENOTTI DEL PICCHIA
NICOLAU NASO
FLAMÍNIO FAVERO
VICTOR BRECHERET
ANITA MALFATTI
MARIO GRACIOTTI

CONDE FRANCISCO MATARAZZO JÚNIOR
FRANCISCO PATI
SUD MENUCCI
FRANCISCO MIGNONE
MENOTTI SAINATTI
HERIBALDO SICILIANO
TERESA DI MARZO
BIANCO SPARTACO GAMBINI
ÍTALO HUGO

---

[1] *Voltolino:* pseudônimo artístico do caricaturista que contribuiu, no início do século XX, em diversas publicações ítalo-brasileiras.
[2] *Mamalucos:* variante de "mamelucos": mestiços.

SAN VINCENZO È L'VLTIMA COLONIA DE' PORTOGHESI: E PERCHE È IN VN PAESE LONTANISSIMO, VI SI SOGLIONO CONDENNARE QUEI, CHE IN PORTOGALLO HANNO MERITATO LA GALERA, Ò COSE TALI.

GIOVANNI BOTERO. *Le relatione universali.* In Brescia. 1595.

ESTA É A PÁTRIA DOS NOSSOS DESCENDENTES.

CONDE FRANCISCO MATARAZZO[3].
Discurso de saudação ao Dr. Washington Luís[4].
São Paulo. 1926.

---

[3] *Conde Francisco Matarazzo:* imigrante italiano fundador de grande complexo industrial. Casado com Filomena Sansivieri, teve filhos que se uniram a paulistanos tradicionais, iniciando a mistura de ligações que formam a população da cidade de São Paulo.

[4] *Washington Luís:* carioca, fez carreira política em São Paulo. Foi o último sucessor da política "Café com leite", eleito presidente do Brasil, em 1926, por 98% dos votos conquistados graças à máquina política implantada pelas oligarquias nacionais.

ARTIGO DE FUNDO

Assim como quem nasce homem de bem deve ter a fronte altiva, quem nasce jornal deve ter artigo de fundo. A fachada explica o resto.

Este livro não nasceu livro: nasceu jornal. Estes contos não nasceram contos: nasceram notícias. E este prefácio portanto também não nasceu prefácio: nasceu artigo de fundo.

Brás, Bexiga e Barra Funda é o órgão dos ítalo-brasileiros de São Paulo.

Durante muito tempo a nacionalidade viveu da mescla de três raças que os poetas xingaram de tristes: as três raças tristes.

A primeira, as caravelas descobridoras encontraram aqui comendo gente e desdenhosa de "mostrar suas vergonhas[5]". A segunda veio nas caravelas. Logo os machos sacudidos[6] desta se enamoraram das moças "bem gentis" daquela, que tinham cabelos "mui pretos, compridos pelas espádoas[7]".

E nasceram os primeiros mamalucos.

A terceira veio nos porões dos navios negreiros trabalhar o solo e servir a gente. Trazendo outras moças gentis, mucamas, mucambas, mumbandas, macumas[8].

E nasceram os segundos mamalucos.

E os mamalucos das duas fornadas deram o empurrão inicial no Brasil. O colosso começou a rolar.

Então os transatlânticos trouxeram da Europa outras raças aventureiras. Entre elas uma alegre que pisou na terra paulista cantando e na terra brotou e se alastrou como aquela planta também imigrante que há duzentos anos veio fundar a riqueza brasileira.

Do consórcio da gente imigrante com o ambiente, do consórcio da gente imigrante com a indígena nasceram os novos mamalucos.

11

---

[5] *Mostrar suas vergonhas:* mostrar-se natural, indiferente com a nudez do corpo.

[6] *Machos sacudidos:* citação literal da *Carta de Pero Vaz de Caminha* que faz referência a dois degredados deixados no Brasil que, quando deportados, fizeram muita festa com os primeiros índios contatados.

[7] *Espádoas:* forma antiga de "espáduas": ombros.

[8] *Macumas:* formas como eram chamadas as negras africanas escravizadas.

Nasceram os intalianinhos[9].
O Gaetaninho.
A Carmela.
Brasileiros e paulistas. Até bandeirantes.
E o colosso continuou rolando.

No começo a arrogância indígena perguntou meio zangada:

Carcamano[10] *pé de chumbo*
Calcanhar de frigideira
Quem te deu a confiança
De casar com brasileira?

O pé de chumbo poderia responder tirando o cachimbo da boca e cuspindo de lado: A brasileira, *per Bacco!* Mas não disse nada. Adaptou-se. Trabalhou. Integrou-se. Prosperou.
E o negro violeiro cantou assim:

Italiano grita
Brasileiro fala
Viva o Brasil
E a bandeira da Itália!

Brás, Bexiga e Barra Funda, como membro da livre imprensa que é, tenta fixar tão somente alguns aspectos da vida trabalhadeira, íntima e quotidiana desses novos mestiços nacionais e nacionalistas. É um jornal. Mais nada. Notícia. Só. Não tem partido nem ideal. Não comenta. Não discute. Não aprofunda.
Principalmente não aprofunda. Em suas colunas não se encontra uma única linha de doutrina. Tudo são fatos diversos. Acontecimentos de crônica urbana. Episódios de rua. O aspecto étnico-social dessa novíssima raça de gigantes encontrará amanhã o seu historiador. E será então analisado e pesado num livro.
Brás, Bexiga e Barra Funda não é um livro.
Inscrevendo em sua coluna de honra os nomes de alguns ítalo--brasileiros ilustres este jornal rende uma homenagem à força e às virtudes da nova fornada mamaluca. São nomes de literatos, jornalis-

---

[9] *Intalianinhos:* maneira como os italianos falavam de sua origem.
[10] *Carcamano:* termo pejorativo que nomeia os italianos; procede da denominação do vendedor ambulante que, para obter mais lucro, alterava com a mão o marcador da balança.

tas, cientistas, políticos, esportistas, artistas e industriais. Todos eles figuram entre os que impulsionam e nobilitam neste momento a vida espiritual e material de São Paulo.

Brás, Bexiga e Barra Funda não é uma sátira.

A REDAÇÃO

GAETANINHO

– Xi, Gaetaninho, como é bom!

Gaetaninho ficou banzando[11] bem no meio da rua. O Ford quase o derrubou e ele não viu o Ford. O carroceiro disse um palavrão e ele não ouviu o palavrão.

– Eh! Gaetaninho! Vem pra dentro.

Grito materno sim: até filho surdo escuta. Virou o rosto tão feio de sardento, viu a mãe e viu o chinelo.

– *Subito*[12]!

Foi-se chegando devagarinho, devagarinho. Fazendo beicinho. Estudando o terreno. Diante da mãe e do chinelo parou. Balançou o corpo. Recurso de campeão de futebol. Fingiu tomar a direita. Mas deu meia-volta instantânea e varou pela esquerda porta adentro.

Eta salame[13] de mestre!

Ali na Rua Oriente[14] a ralé quando muito andava de bonde. De automóvel ou carro só mesmo em dia de enterro. De enterro ou de casamento. Por isso mesmo o sonho de Gaetaninho era de realização muito difícil. Um sonho.

O Beppino por exemplo. O Beppino naquela tarde atravessara de carro a cidade. Mas como? Atrás da tia Peronetta que se mudava para o Araçá[15]. Assim também não era vantagem.

Mas se era o único meio? Paciência.

Gaetaninho enfiou a cabeça embaixo do travesseiro. Que beleza, rapaz! Na frente quatro cavalos pretos empenachados levavam

---

[11] *Ficou banzando:* ficou tonto, surpreendeu-se com o veículo.

[12] *Subito:* tradução do termo em italiano: *já estou indo.*

[13] *Salame:* gíria de futebol dos anos 1920, que significa *drible.*

[14] *Rua Oriente:* rua do bairro paulistano do Brás, onde havia uma grande colônia de italianos.

[15] *Araçá:* nome de um cemitério da cidade de São Paulo. Conferir nota da página 67.

SUPLEMENTO DE ATIVIDADES

BRÁS, BEXIGA E BARRA FUNDA
NOTÍCIAS DE SÃO PAULO
ANTÔNIO DE ALCÂNTARA MACHADO

CLÁSSICOS
SARAIVA

Este suplemento de atividades é parte integrante da obra *Brás, Bexiga e Barra Funda: notícias de São Paulo*. © SARAIVA Educação Ltda. Não pode ser vendido separadamente.

NOME:_____

Nº:_____ SÉRIE/ANO:_____

ESCOLA:_____

1

Antônio de Alcântara Machado foi um dos principais escritores do movimento modernista. Mais novo que Mário e Oswald de Andrade, soube sensivelmente captar em sua obra os novos rumos por que passava o movimento.

Nos contos de *Brás, Bexiga e Barra Funda*, o autor dará voz a novas personagens da sociedade paulista: os imigrantes italianos. Esses novos "mamalucos", com seu trabalho, sua cultura e sua fala alegre, viriam logo a se incorporar definitivamente à cidade de São Paulo, deixando uma marca indelével na formação da grande metrópole.

Compreender esses aspectos da obra é o que pretende este Suplemento de Atividades. Desenvolva-o depois da leitura do livro, dos Diários de um Clássico, da Contextualização Histórica e da Entrevista Imaginária.

UMA OBRA CLÁSSICA

1. Qual é o tema central que perpassa todos os contos de *Brás, Bexiga e Barra Funda*?

_____

_____

_____

_____

_____

_____

_____

2. No "Artigo de Fundo" que abre o livro, o autor classifica os contos de "notícias". Que trecho desse artigo explica tal classificação? Comente-o.

_____

_____

2

_____

_____

_____

_____

_____

_____

_____

_____

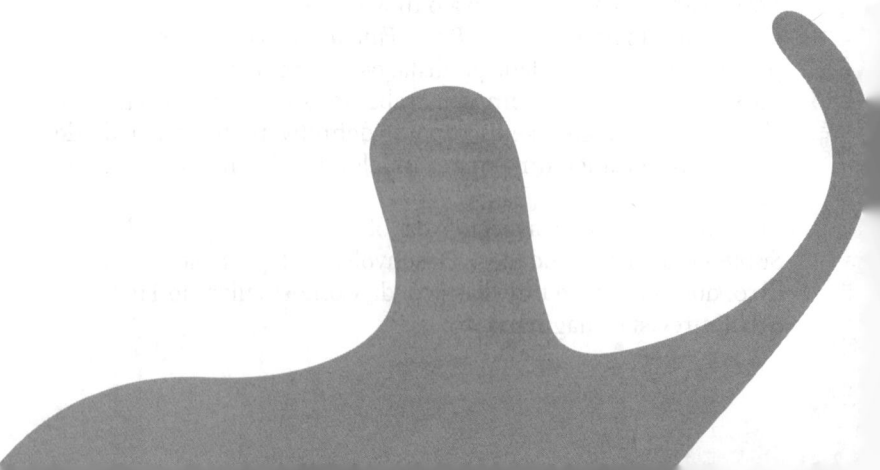

3. De que forma a cidade de São Paulo participa das ambições das personagens de *Brás, Bexiga e Barra Funda*? Cite exemplos.

_____

_____

_____

_____

_____

_____

_____

OS CONTOS

Nas questões 4, 5, 6 e 7, assinale o conto que melhor se encaixa às afirmações feitas sobre as personagens.

4. Pensa que sua ascensão social deve se dar pelo abandono das velhas relações e amizades.
a) "A sociedade"
b) "Carmela"
c) "Notas biográficas do novo deputado"

3

5. É o imigrante visto a partir de um ponto de vista que realça seu aspecto irracional e violento.
a) "Gaetaninho"
b) "O monstro de rodas"
c) "Amor e sangue"

Agora é com você, caro leitor.

Valendo-se das orientações desta edição e das suas respostas às atividades de leitura, elabore uma nova entrevista com o autor, mais ou menos como a Entrevista Imaginária do final do livro.

Antônio de Alcântara Machado foi um fino observador dos processos de mudança por que passava a cidade de São Paulo nas primeiras décadas do século XX. Se, por um lado, em *Brás, Bexiga e Barra Funda*, concentrou-se nos aspectos da imigração italiana, por outro não perdeu de vista as sutilezas da psicologia humana, realçando as nuanças e os dilemas que sofriam os novos mamelucos.

Embora o autor não esteja mais entre nós, sua obra ainda persiste. Por meio de uma linguagem sintética, de um discurso que une traços da fala italiana ao português e valendo-se de um recorte cinematográfico das cenas, Alcântara Machado conseguiu produzir uma das melhores coletâneas de contos do Modernismo.

Sua tarefa agora é, com base nas palavras do próprio autor ou nas de suas personagens, criar um novo diálogo com o escritor modernista, trazendo-o para um modo contemporâneo de entender o mundo.

A abordagem pode mencionar suas ideias artísticas, as teorias vanguardistas do século XX, suas fontes de inspiração ou até algumas características pessoais.

Bom trabalho!

13. Qual o principal tema exposto pelo autor nesse texto?

_____

_____

_____

_____ 9

_____

_____

_____

_____

_____

14. Em que sentido podemos dizer que esses conceitos se aplicam à obra de Antônio de Alcântara Machado?

_____

_____

_____

_____

_____

_____

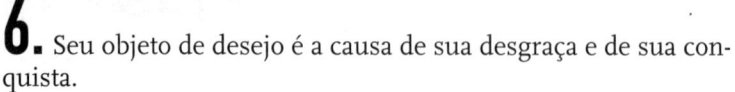

6. Seu objeto de desejo é a causa de sua desgraça e de sua conquista.
a) "Carmela"
b) "Nacionalidade"
c) "Lisetta"

7. Estabelece uma concorrência capitalista desleal, adequada ao avanço desenfreado de São Paulo.
a) "Armazém Progresso de S. Paulo"
b) "A sociedade"
c) "Nacionalidade"

4

8. Assinale V (verdadeiro) ou F (falso) para as afirmações abaixo:
( ) Em "Notas biográficas do novo deputado", o menino Gennaro comporta-se de forma interesseira para ser adotado pelo Coronel J. Peixoto de Faria.
( ) Em "A sociedade", o Conselheiro José Bonifácio de Matos e Arruda aceita a proposta do cav. Uff. Salvatore Melli porque deseja ver sua filha bem casada.
( ) Miquelina, em "Corintians (2) vs. Palestra (1)", embora sofra com a derrota de seu time, sofre mais ainda por ver seu antigo namorado triunfando sobre o atual.
( ) Em "Tiro de Guerra nº 35", Aristodemo agride o outro soldado por não suportar vê-lo zombando da pátria que adotou.

9. O conto "Nacionalidade" mostra o processo de aculturação da família do barbeiro Tranquillo Zampinetti. Em relação a ele, responda:

a) Qual era o grande desgosto do barbeiro em relação aos filhos?

_____

_____

_____

b) De que maneira esse ressentimento do pai se transforma?

_____

_____

_____

_____

_____

CONTEXTUALIZAÇÃO HISTÓRICA

A seguir, responda a algumas questões relacionadas à seção Contextualização Histórica, encontrada na parte final do livro.

10. Qual dos contos do livro expressa com fidelidade o que Francisco Achcar escreve no trecho abaixo? Relacione os dois textos.

> *A sociedade paulista mais tradicional reagiu aos italianos com o preconceito que se exprimia já no termo pejorativo com que eram tratados: carcamanos. A atitude preconceituosa era não apenas resultado da aversão ao imigrante; era, mais ainda, uma atitude de defesa. A aversão seria em parte superada e em muitos casos substituída por atração e fascínio; a defesa foi-se mostrando inútil e deu lugar, não poucas vezes, a associações enriquecedoras, tanto em casamentos, quanto em negócios.*
>
> ACHCAR, Francisco. Apresentação. In: MACHADO, Antônio de Alcântara. *Brás, Bexiga e Barra Funda*. 2. ed. São Paulo: Objetiva, 1999. p. 9.

europeias, porquanto destruição e construção se apresentam, afinal, como as duas faces de uma mesma realidade: a expressão ordenada ou caótica do universo, seja ele o mundo exterior ou a dimensão psicológica da vida interior. Daí o papel essencial desempenhado pela linguagem. É sobre ela que atuam as primeiras forças destruidoras do futurismo e as tentativas de pulverização do dadaísmo cujos ecos atingem a poesia brasileira, como na poesia concreta ou, mais ainda, no poema de processo em que a palavra se vê completamente eliminada; é sobre ela ainda que atuam as forças mágicas da significação metafórica do expressionismo, a geometrização dos cubistas e, num plano realmente superior, o movimento que, através da ciência ou da magia, pôde mais rigorosamente sondar a sub ou super-realidade da alma humana: o surrealismo.

TELES, Gilberto Mendonça. *Vanguarda europeia e modernismo brasileiro.* 2ª ed. Petrópolis: Vozes, 1973. p. 10-11.

12.
O que são vanguardas? Qual a visão que o autor nos apresenta das vanguardas?

8

Leia a seguir o texto de Gilberto Mendonça Teles, parte integrante de um estudo hoje clássicos sobre as vanguardas europeias. Em seguida, responda às questões.

AS VANGUARDAS EUROPEIAS E SEU LEGADO

De um modo geral, todos esses movimentos estavam sob o signo da desorganização do universo artístico de sua época. A diferença é que uns, como o futurismo e o dadaísmo, queriam a destruição do passado e a negação total dos valores estéticos presentes; e outros, como o expressionismo e o cubismo, viam na destruição a possibilidade de construção de uma nova ordem superior. No fundo eram, portanto, tendências organizadoras de uma nova estrutura estética e social. É possível ordenar esses movimentos em duas frentes opostas e, ao mesmo tempo, unidas por um princípio comum – o da renovação literária. Se futurismo e dadaísmo representam a destruição, a face microscópica da poesia, o expressionismo e o cubismo (e a sua natural evolução para o esprit nouveau) representam a construção, o lado mágico das coisas, a beleza interior e só percebida na recomposição simbólica a que se reduzem os elementos culturais da humanidade. E é precisamente nessa redução que se opera a grande contribuição poética das vanguardas

7

_____

_____

_____

_____

_____

_____

_____

_____

_____

_____

_____

11. Leia o trecho a seguir, de José Paulo Paes, e relacione-o com o conto "Corintians (2) vs Palestra (1)" em relação à técnica cinematográfica de Alcântara Machado.

O minuto de vida é fixado nos contos de Brás, Bexiga e Barra Funda por uma técnica de síntese que parece haver recrutado seus recursos na caricatura, no jornalismo e no cinema. Da primeira vem a economia de traços com que o caráter de cada personagem é esboçado; do segundo, a fatualidade do enfoque e a direitura do modo de narrar; do último, a montagem da efabulação em curtos blocos ou tomadas descontínuos.

6

PAES, José Paulo. Cinco livros do modernismo brasileiro. In: *Revista de Estudos Avançados*, dez. 1988, vol. 2, n. 3, p. 105-6.

_____

_____

_____

_____

_____

_____

_____

_____

_____

_____

_____

a tia Filomena para o cemitério. Depois o padre. Depois o Savério noivo dela de lenço nos olhos. Depois ele. Na boleia do carro. Ao lado do cocheiro. Com a roupa marinheira e o gorro branco onde se lia: ENCOURAÇADO SÃO PAULO. Não. Ficava mais bonito de roupa marinheira mas com a palhetinha nova que o irmão lhe trouxera da fábrica. E ligas pretas segurando as meias. Que beleza, rapaz! Dentro do carro do pai, os dois irmãos mais velhos (um de gravata vermelha, outro de gravata verde) e o padrinho Seu Salomone. Muita gente nas calçadas, nas portas e nas janelas dos palacetes, vendo o enterro. Sobretudo admirando o Gaetaninho.

Mas Gaetaninho ainda não estava satisfeito. Queria ir carregando o chicote. O desgraçado do cocheiro não queria deixar. Nem por um instantinho só.

Gaetaninho ia berrar mas a tia Filomena com a mania de cantar o "Ahi, Mari[16]!" todas as manhãs o acordou.

Primeiro ficou desapontado. Depois quase chorou de ódio.

Tia Filomena teve um ataque de nervos quando soube do sonho de Gaetaninho. Tão forte que ele sentiu remorsos. E para sossego da família alarmada com o agouro tratou logo de substituir a tia por outra pessoa numa nova versão de seu sonho. Matutou, matutou, e escolheu o acendedor da Companhia de Gás, Seu Rubino, que uma vez lhe deu um *cocre* danado de doído. 15

Os irmãos (esses) quando souberam da história resolveram arriscar de sociedade quinhentão no elefante. Deu a vaca. E eles ficaram loucos de raiva por não haverem logo adivinhado que não podia deixar de dar a vaca mesmo.

O jogo na calçada parecia de vida ou morte. Muito embora Gaetaninho não estava ligando.

– Você conhecia o pai do Afonso, Beppino?

– Meu pai deu uma vez na cara dele.

– Então você não vai amanhã no enterro. Eu vou!

O Vicente protestou indignado:

– Assim não jogo mais! O Gaetaninho está atrapalhando!

Gaetaninho voltou para o seu posto de guardião. Tão cheio de responsabilidades.

O Nino veio correndo com a bolinha de meia. Chegou bem perto. Com o tronco arqueado, as pernas dobradas, os braços estendidos, as mãos abertas, Gaetaninho ficou pronto para a defesa.

[16] *Ahi, Mari!*: canção popular napolitana; indica a região italiana de procedência da família pobre.

— Passa pro Beppino!

Beppino deu dois passos e meteu o pé na bola. Com todo o muque. Ela cobriu o guardião sardento e foi parar no meio da rua.

— Vá dar tiro no inferno!

— Cala a boca, palestrino!

— Traga a bola!

Gaetaninho saiu correndo. Antes de alcançar a bola um bonde o pegou. Pegou e matou.

No bonde vinha o pai do Gaetaninho.

A gurizada assustada espalhou a notícia na noite.

— Sabe o Gaetaninho?

— Que é que tem?

— Amassou o bonde!

A vizinhança limpou com benzina suas roupas domingueiras.

Às dezesseis horas do dia seguinte saiu um enterro da Rua Oriente e Gaetaninho não ia na boleia de nenhum dos carros do acompanhamento. Ia no da frente dentro de um caixão fechado com flores pobres por cima. Vestia a roupa marinheira, tinha as ligas, mas não levava a palhetinha.

Quem na boleia de um dos carros do cortejo mirim exibia soberbo terno vermelho que feria a vista da gente era o Beppino.

CARMELA

Dezoito horas e meia. Nem mais um minuto porque a madama respeita as horas de trabalho. Carmela sai da oficina. Bianca vem ao seu lado.

A Rua Barão de Itapetininga é um depósito sarapintado de automóveis gritadores. As casas de modas (AO CHIC PARISIENSE, SÃO PAULO-PARIS, PARIS ELEGANTE) despejam nas calçadas as costureirinhas que riem, falam alto, balançam os quadris como gangorras.

– Espia se ele está na esquina.

– Não está.

– Então está na Praça da República. Aqui tem muita gente mesmo.

– Que fiteiro!

O vestido de Carmela coladinho no corpo é de organdi verde. Braços nus, colo nu, joelhos de fora. Sapatinhos verdes. Bago de uva Marengo maduro para os lábios dos amadores.

– Ai que rico corpinho!

– Não se enxerga, seu cafajeste? Português sem educação!

Abre a bolsa e espreita o espelhinho quebrado, que reflete a boca reluzente de carmim primeiro, depois o nariz chumbeva, depois os fiapos de sobrancelha, por último as bolas de metal branco na ponta das orelhas descobertas.

Bianca por ser estrábica e feia é a sentinela da companheira.

Olha o automóvel do outro dia.

– O caixa-d'óculos[17]?

– Com uma bruta luva vermelha.

O caixa-d'óculos para o Buick de propósito na esquina da praça.

– Pode passar.

– Muito obrigada.

Passa na pontinha dos pés. Cabeça baixa. Toda nervosa.

– Não vira para trás, Bianca. Escandalosa!

[17] *Caixa-d'óculos:* modo depreciativo de se referir a quem usava óculos.

Diante de Álvares de Azevedo (ou Fagundes Varela[18]) o Ângelo Cuoco de sapatos vermelhos de ponta afilada, meias brancas, gravatinha deste tamanhinho, chapéu à Rodolfo Valentino[19], paletó de um botão só, espera há muito com os olhos escangalhados de inspecionar a Rua Barão de Itapetininga.

– O Ângelo!

– Dê o fora.

Bianca retarda o passo.

Carmela continua no mesmo. Como se não houvesse nada. E o Ângelo junta-se a ela. Também como se não houvesse nada. Só que sorri.

– Já acabou o romance?

– A madama não deixa a gente ler na oficina.

– É? Sei. Amanhã tem baile na Sociedade.

– Que bruta novidade, Ângelo! Tem todo domingo. Não segura no braço!

– Enjoada!

Na Rua do Arouche o Buick de novo. Passa. Repassa. Torna a passar.

– Quem é aquele cara?

– Como é que eu hei de saber?

– Você dá confiança para qualquer um. Nunca vi, puxa! Não olha pra ele que eu armo já uma encrenca!

Bianca rói as unhas. Vinte metros atrás. Os freios do Buick guincham nas rodas e os pneumáticos deslizam rente à calçada. E estacam.

– Boa tarde, belezinha...

– Quem? Eu?

– Por que não? Você mesma...

Bianca rói as unhas com apetite.

– Diga uma coisa. Onde mora a sua companheira?

– Ao lado de minha casa.

– Onde é sua casa?

– Não é de sua conta.

O caixa-d'óculos não se zanga. Nem se atrapalha. É um traquejado.

– Responda direitinho. Não faça assim. Diga onde mora.

– Na Rua Lopes de Oliveira. Numa vila. Vila Margarida nº 4. Carmela mora com a família dela no 5.

---

[18] *Manuel Álvares de Azevedo* (1831-1852) e *Fagundes Varela* (1841-1875): ambos poetas românticos brasileiros e estudantes da Faculdade de Direito do Largo São Francisco, na cidade de São Paulo.

[19] *Rodolfo Valentino* (1895-1926): foi um artista italiano celebrizado pelo cinema norte-americano; era ídolo das mulheres na década de 1920.

– Ah! Chama-se Carmela... Lindo nome. Você é capaz de lhe dar um recado?

Bianca rói as unhas.

– Diga a ela que eu a espero amanhã de noite, às oito horas, na rua... na... atrás da Igreja de Santa Cecília. Mas que ela vá sozinha, hein? Sem você. O barbeirinho também pode ficar em casa.

– Barbeirinho nada! Entregador da Casa Clark!

– É a mesma coisa. Não se esqueça do recado. Amanhã, às oito horas, atrás da igreja.

– Vá saindo que pode vir gente conhecida.

Também o grilo[20] já havia apitado.

– Ele falou com você. Pensa que eu não vi? O Ângelo também viu. Ficou danado.

– Que me importa? O caixa-d'óculos disse que espera você amanhã de noite, às oito horas, no Largo Santa Cecília. Atrás da igreja.

– Que é que ele pensa? Eu não sou dessas. Eu não!

– Que fita[21], Nossa Senhora! Ele gosta de você, sua boba.

– Ele disse?

– Gosta pra burro.

– Não vou na onda.

– Que fingida que você é!

– *Ciao*[22].

– *Ciao.*

Antes de se estender ao lado da irmãzinha na cama de ferro Carmela abre o romance à luz da lâmpada de 16 velas: *Joana a Desgraçada ou A Odisseia de uma Virgem*, fascículo 2.º.

Percorre logo as gravuras. Umas teteias. A da capa então é linda mesmo. No fundo o imponente castelo. No primeiro plano a íngreme ladeira que conduz ao castelo. Descendo a ladeira numa disparada louca o fogoso ginete. Montado no ginete o apaixonado caçula do castelão inimigo de capacete prateado com plumas brancas. E atravessada no cachaço do ginete a formosa donzela desmaiada entregando ao vento os cabelos cor de carambola.

Quando Carmela reparando bem começa a verificar que o castelo não é mais um castelo mas uma igreja, o tripeiro Giuseppe Santini berra no corredor:

---

[20] *Grilo:* apelido dos guardas-civis, que vigiavam as ruas e o trânsito na cidade de São Paulo.

[21] *Fita:* fingimento.

[22] *Ciao:* grafia em italiano de tchau.

– Spegni la luce! Subito! Mi vuole proprio rovinare questa principessa![23]

E – raatá! – uma cusparada daquelas.

– Eu só vou até a esquina da Alameda Glette. Já vou avisando.
– Trouxa. Que tem?

No Largo Santa Cecília atrás da igreja o caixa-d'óculos sem tirar as mãos do volante insiste pela segunda vez:
– Uma voltinha de cinco minutos só... Ninguém nos verá. Você verá. Não seja má. Suba aqui.

Carmela olha primeiro a ponta do sapato esquerdo, depois a do direito, depois a do esquerdo de novo, depois a do direito outra vez, levantando e descendo a cinta. Bianca rói as unhas.
– Só com a Bianca...
– Não. Para quê? Venha você sozinha.
– Sem a Bianca não vou.
– Está bem. Não vale a pena brigar por isso.Você vem aqui na frente comigo. A Bianca senta atrás.
– Mas cinco minutos só. O senhor falou...
– Não precisa me chamar de senhor. Entrem depressa.

Depressa o Buick sobe a Rua Viridiana.

Só para no Jardim América.

Bianca no domingo seguinte encontra Carmela raspando a penugenzinha que lhe une as sobrancelhas com a navalha denticulada do tripeiro Giuseppe Santini.
– Xi, quanta coisa pra ficar bonita!
– Ah! Bianca, eu quero dizer uma coisa pra você.
– Que é?
– Você hoje não vai com a gente no automóvel. Foi ele que disse.
– Pirata!
– Pirata por quê? Você está ficando boba, Bianca.
– É. Eu sei por quê. Piratão. E você, Carmela, sim senhora! Por isso é que o Ângelo me disse que você está ficando mesmo uma vaca.
– Ele disse assim? Eu quebro a cara dele, hein? Não me conhece.

---

[23] Tradução da frase em italiano: *Apaga a luz! Já! Essa princesa quer mesmo me arruinar!*

– Pode ser, não é? Mas namorado de máquina[24] não dá certo mesmo.

Saem à rua suja de negras e cascas de amendoim. No degrau de cimento ao lado da mulher Giuseppe Santini torcendo a belezinha do queixo[25] cospe e cachimba, cachimba e cospe.

– Vamos dar uma volta até a Rua das Palmeiras, Bianca?

– *Andiamo*[26].

Depois que os seus olhos cheios de estrabismo e despeito veem a lanterninha traseira do Buick desaparecer, Bianca resolve dar um giro pelo bairro. Imaginando coisas. Roendo as unhas. Nervosíssima.

Logo encontra a Ernestina. Conta tudo à Ernestina.

– E o Ângelo, Bianca?

– O Ângelo? O Ângelo é outra coisa. É pra casar.

– Hã!...

---

[24] *Máquina:* carro, automóvel.

[25] *Belezinha do queixo*: referência ao pequeno volume de barba crescido além do queixo.

[26] *Andiamo:* termo em italiano para *vamos*.

TIRO DE GUERRA
N.º 35

No Grupo Escolar da Barra Funda Aristodemo Guggiani aprendeu em três anos a roubar com perfeição no jogo de bolinhas (garantindo o tostão para o sorvete) e ficou sabendo na ponta da língua que o Brasil foi descoberto sem querer e é o país maior, mais belo e mais rico do mundo. O professor Seu Serafim todos os dias ao encerrar as aulas limpava os ouvidos com o canivete (brinde do Chalé da Boa Sorte) e dizia olhando o relógio:

– Antes de nos separarmos, meus jovens discentes, meditemos uns instantes no porvir da nossa idolatrada pátria.

Depois regia o hino nacional. Em seguida o da bandeira. O pessoal entoava os dois engolindo metade das estrofes. Aristodemo era a melhor voz da classe. Berrando puxava o coro. A campainha tocava. E o pessoal desembestava pela Rua Albuquerque Lins vaiando Seu Serafim.

Saiu do Grupo e foi para a oficina mecânica do cunhado. Fumando *Bentevi*[27] e cantando a *Caraboo*[28]. Mas sobretudo com muita malandrice. Entrou para o Juvenil Flor de Prata F. C. (fundado para matar o Juvenil Flor de Ouro F. C.). Reserva do primeiro quadro. Foi expulso por falta de pagamento. Esperou na esquina o tesoureiro. O tesoureiro não apareceu. Estreou as calças compridas no casamento da irmã mais moça (sem contar a Joaninha). Amou a Josefina. Apanhou do primo da Josefina. Jurou vingança. Ajudou a empastelar o *Fanfulla*[29] que falou mal do Brasil. Teve ambições. Por exemplo: artista do Circo Queirolo. Quase morreu afogado no Tietê.

E fez vinte anos no dia chuvoso em que a Tina (namorada do Linguiça) casou com um chofer de praça na polícia.

Então brigou com o cunhado. E passou a ser cobrador da Companhia Autoviação Gabrielle d'Annunzio. De farda amarela e polainas vermelhas.

---

[27] *Bentevi:* marca de cigarro.
[28] *Caraboo:* música muito famosa da época.
[29] *Fanfulla:* jornal da colônia italiana em São Paulo.

Sua linha: Praça do Patriarca-Lapa. Arranjou logo uma pequena. No fim da Rua das Palmeiras. Ela vinha à janela ver o Aristodemo passar. O Evaristo era quem avisava por camaradagem tocando o clácson[30] do ônibus verde. Aristodemo ficava olhando para trás até o Largo das Perdizes.

E não queria mesmo outra vida.

Um dia porém na seção "Colaboração das Leitoras" publicou *A Cigarra* as seguintes linhas de Mlle Miosótis sob o título de *Indiscrições da Rua das Palmeiras*:

"Por que será que o jovem A. G. não é mais visto todos os dias entre vinte e vinte e uma horas da noite no portão da casa da linda Senhorinha F. R. em doce colóquio de amor? A formosa Julieta anda inconsolável! Não seja assim tão mauzinho, Seu A. G.! Olhe que a ingratidão mata..."

Fosse Mlle Miosótis (no mundo Benedita Guimarães, aluna mulata da Escola Complementar Caetano de Campos) indagar do paradeiro de Aristodemo entre os jovens defensores da pátria.

E saberia então que Aristodemo Guggiani para se livrar do sorteio[31] ostentava agora a farda nobilitante de soldado do Tiro de Guerra n.º 35.

– Companhia! Per... filar!

No Largo Municipal o pessoal evoluía entre as cadeiras do bar e as costas protofônicas de Carlos Gomes para divertimento dos desocupados parados aos montinhos aqui, ali, à direita, à esquerda, lá, atrapalhando.

– Meia-volta! Vol... ver!

O sargento cearense clarinava as ordens de comando. Puxando pela rapaziada.

– Não está bom não! Vamos repetir isso sem avexame[32]!

De novo não prestou.

– Firme!

Pareciam estacas.

– Meia-volta!

Tremeram.

Vol... ver!

Volveram.

---

[30] *Clácson:* forma aportuguesada do francês *klaxon*, tipo de buzina em forma de corneta.

[31] *Sorteio:* refere-se aos indivíduos que prestam serviço militar obrigatoriamente em alguma unidade. O Tiro de Guerra refere-se às pessoas com treino especial, habilitadas para um exército de reserva a ser convocado em qualquer caso de conflito bélico.

[32] *Avexame:* registro da oralidade cearense; significa "vergonha" ou "afronta".

– Abém!
Aristodemo era o base da segunda esquadra.

Sargento Aristóteles Camarão de Medeiros, natural de São Pedro do Cariri, quando falava em honra da farda, deveres do soldado e grandeza da pátria arrebatava qualquer um. Aristodemo só de ouvi-lo ficou brasileiro jacobino. Aristóteles escolheu-o para seu ajudante de ordens. Uma espécie de.

– Você conhece o hino nacional, criatura?
– Puxa, se conheço, Seu Sargento!
– Então você não esquece, não? Traz amanhã umas cópias dele para o pessoal ensaiar para o Sete de Setembro? Abom.

Aristodemo deu folga no serviço. Também levou um colosso de cópias.
E o primeiro ensaio foi logo à noite.
Ou-viram do I-piranga as margens plá-cidas...
– Parem que assim não presta não! Falta patriotismo. Vocês nem parecem brasileiros. Vamos!
Ou-viram do I-piranga as margens plácidas
Da Inde-pendência o brado re-tumban-te![33]
– Não é assim não. Retumbante tem que estalar, criaturas, tem que retumbar! É palavra. Como é que se diz mesmo?... é palavra... ah!... onomatopaica: RETUMBANTE!
E o hino rolou ribombando:
... da Inde-pendência o brado re-TUMBAN-te!
E o sol da li-berdade em raios ful...
De repente um barulho na segunda esquadra.
– Que isbregue[34] é esse aí, criaturas?
Isbregue danado. O alemãozinho levou um tabefe de estilo. Onde entrou todo o muque de que pôde dispor na hora o Aristodemo.
– Está suspenso o ensaio. Podem debandar.
– Eu dei mesmo na cara dele, Seu Sargento. Por Deus do céu! Um bruto tapa mesmo. O desgraçado estava escachando[35] com o hino do Brasil!
– Que é que você está me dizendo, Aristodemo?
– Escachando, Seu Sargento. Pode perguntar para qualquer um da esquadra. Em vez de cantar ele dava risada da gente. Eu fui me deixando ficar com raiva e disse pra ele que ele tinha obrigação de cantar junto com a gente também. Ele foi e respondeu que não

---

[33] Notar que o hino está sendo cantado errado. O autor faz isso para ridicularizar o patriotismo de Aristodemo.
[34] *Isbregue:* confusão. A forma dicionarizada é "esbregue".
[35] *Escachando:* estragando.

cantava porque não era brasileiro. Eu fui e disse que se ele não era brasileiro é porque então era... um... eu chamei ele de... eu ofendi a mãe dele, Seu Sargento! Ofendi mesmo. Por Deus do céu. Então ele disse que a mãe dele não era brasileira para ele ser... o que eu disse. Então eu fui. Seu Sargento, achei que era demais e estraguei com a cara do desgraçado! Ali na hora.

– Vou ouvir as testemunhas do fato, Aristodemo. Depois procederei como for de justiça. *Fiat justitia*[36] como diziam os antigos romanos. Confie nela, Aristodemo.

"Ordem do Dia

De conformidade com o ordenado pelo Ex.ᵐᵒ Sr. Dr. Presidente deste Tiro de Guerra e depois de ouvir seis testemunhas oculares e auditivas acerca do deplorável fato ontem acontecido nesta sede do qual resultou levar uma lapada na face direita o inscrito Guilherme Schwertz, n.º 81, comunico que fica o citado inscrito Guilherme Schwertz, n.º 81, desligado das fileiras do Exército, digo, deste Tiro de Guerra, visto ter-se mostrado indigno de ostentar a farda gloriosa de soldado nacional pelas injúrias infamérrimas que ousou levantar contra a honra imaculada da mulher brasileira e principalmente da Mãe, acrescendo que cometeu semelhante ato delituoso contra a honra nacional no momento sagrado em que se cantava nesta sede o nosso imortal hino nacional. Comunico também que por necessidade de disciplina, que é o alicerce em que se firma toda corporação militar, o inscrito Aristodemo Guggiani, n.º 117, único responsável pela lapada acima referida acompanhada de equimoses graves, fica suspenso por um dia a partir desta data. *Dura lex sed lex*[37]. Aproveito porém no entretanto a feliz oportunidade para apontar como exemplo o supracitado inscrito Aristodemo Guggiani, n.º 117, que deve ser seguido sob o ponto de vista do patriotismo, embora com menos violência apesar da limpeza, digo, da limpidez das intenções.

Aproveito ainda a oportunidade para declarar que fica expressamente proibido no pátio desta sede o jogo de futebol. Aqui só devemos cuidar da defesa da Pátria!

---

[36] *Fiat justitia:* frase em latim que significa: *Faça-se a justiça.*
[37] *Dura lex sed lex:* frase em latim que significa: *A lei é dura, mas é a lei.*

São Paulo, 23 de agosto de 1926.

(a) Sargento-Inspetor Aristóteles Camarão de Medeiros."

    Aristodemo Guggiani logo depois apresentou sua demissão do cargo de cobrador da Companhia Autoviação Gabrielle d'Anunuzio. Sob aplausos e a conselho do Sargento Aristóteles Camarão de Medeiros. Trabalha agora na Sociedade de Transportes Rui Barbosa, Ltda. Na mesma linha: Praça do Patriarca-Lapa.

AMOR E SANGUE

Sua impressão: a rua é que andava, não ele. Passou entre o verdureiro de grandes bigodes e a mulher de cabelo despenteado.

– Vá roubar no inferno, Seu Corrado!

Vá sofrer no inferno, Seu Nicolino! Foi o que ele ouviu de si mesmo.

– Pronto! Fica por quatrocentão.

– Mas é tomate podre, Seu Corrado!

Ia indo na manhã. A professora pública estranhou aquele ar tão triste. As bananas na porta da QUITANDA TRIPOLI ITALIANA eram de ouro por causa do sol. O Ford derrapou, maxixou[38], continuou bamboleando. E as chaminés das fábricas apitavam na Rua Brigadeiro Machado.

Não adiantava nada que o céu estivesse azul porque a alma de Nicolino estava negra.

– Ei, Nicolino! NICOLINO!

– Que é?

– Você está ficando surdo, rapaz! A Grazia passou agorinha mesmo.

– Des-gra-ça-da!

– Deixa de fita. Você joga amanhã contra o Esmeralda?

– Não sei ainda.

– Não sabe? Deixa de fita, rapaz! Você...

– Ciao.

– Veja lá, hein! Não vá tirar o corpo na hora. Você é a garantia da defesa.

A desgraçada já havia passado.

AO BARBEIRO SUBMARINO. BARBA: 300 RÉIS. CABELO: 600 RÉIS. SERVIÇO GARANTIDO.

– Bom dia!

Nicolino Fior d'Amore nem deu resposta. Foi entrando, tirando o paletó, enfiando outro branco, se sentando no fundo à

---

[38] *Maxixou*: dançar maxixe.

espera dos fregueses. Sem dar confiança. Também Seu Salvador nem ligou.

A navalha ia e vinha no couro esticado.

– São Paulo corre hoje! É o cem contos!

O Temístocles da Prefeitura entrou sem colarinho.

– Vamos ver essa barba muito benfeita! Ai, ai! Calor pra burro. Você leu no *Estado* o crime de ontem, Salvador? Banditismo indecente.

– Mas parece que o moço tinha razão de matar a moça.

– Qual tinha razão nada, seu! Bandido! Drama de amor coisa nenhuma. E amanhã está solto. Privações de sentidos. Júri indecente, meu Deus do Céu! Salvador, Salvador... – cuidado aí que tem uma espinha – ... este país está perdido!

– Todos dizem.

Nicolino fingia que não estava escutando. E assobiava a *Scugnizza*.

As fábricas apitavam.

Quando Grazia deu com ele na calçada abaixou a cabeça e atravessou a rua.

– Espera aí, sua fingida.

– Não quero mais falar com você.

– Não faça mais assim pra mim, Grazia. Deixa que eu vá com você. Estou ficando louco, Grazia. Escuta. Olha, Grazia! Grazia! Se você não falar mais comigo eu me mato mesmo. Escuta. Fala alguma coisa por favor.

– Me deixa! Pensa que eu sou aquela fedida da Rua Cruz Branca?

– O quê?

– É isso mesmo.

E foi almoçar correndo.

Nicolino apertou o fura-bolos entre os dentes.

As fábricas apitavam.

Grazia ria com a Rosa.

– Meu irmão foi e deu uma bruta surra na cara dele.

– Benfeito! Você é uma danada, Rosa. Xi!...

Nicolino deu um pulo monstro.

– Você não quer mesmo mais falar comigo, sua desgraçada?

– Desista!

– Mas você me paga, sua desgraçada!

– Nã-ã-o!

A punhalada derrubou-a.

– Pega! PEGA! PEGA!

– Eu matei ela porque estava louco, Seu Delegado!
Todos os jornais registraram essa frase que foi dita chorando.

Eu estava louco,
Seu Delegado!
Matei por isso!   *Bis*
Sou um desgraçado!

O estribilho do Assassinato por amor (*Canção da atualida-de para ser cantada com a música do* "FUBÁ"[39], letra de Spartaco Novais Panini) causou furor na zona.

---

[39] Referência à famosa música "Tico-tico no fubá", de Zequinha de Abreu (1880-1935).

A SOCIEDADE

– Filha minha não casa com filho de carcamano!

A esposa do Conselheiro José Bonifácio de Matos e Arruda disse isso e foi brigar com o italiano das batatas. Teresa Rita misturou lágrimas com gemidos e entrou no seu quarto batendo a porta. O Conselheiro José Bonifácio limpou as unhas com o palito, suspirou e saiu de casa abotoando o fraque.

O esperado grito do clácson fechou o livro de Henri Ardel[40] e trouxe Teresa Rita do escritório para o terraço.

O Lancia[41] passou como quem não quer. Quase parando. A mão enluvada cumprimentou com o chapéu Borsalino. Uiiiiia--uiiiiia! Adriano Melli calcou o acelerador. Na primeira esquina fez a curva. Veio voltando. Passou de novo. Continuou. Mais duzentos metros. Outra curva. Sempre na mesma rua. Gostava dela. Era a Rua da Liberdade. Pouco antes do número 259-C já sabe: uiiiiia--uiiiiia!

– O que você está fazendo aí no terraço, menina?

– Então nem tomar um pouco de ar eu posso mais?

Lancia Lambda, vermelhinho, resplendente, pompeando na rua. Vestido do Camilo, verde, grudado à pele, serpejando no terraço.

– Entre já para dentro ou eu falo com seu pai quando ele chegar!

– Ah meu Deus, meu Deus, que vida, meu Deus!

Adriano Melli passou outras vezes ainda. Estranhou. Desapontou. Tocou para a Avenida Paulista.

Na orquestra o negro de casaco vermelho afastava o saxofone da beiçorra para gritar:

Dizem que Cristo nasceu em Belém...

Porque os pais não a haviam acompanhado (abençoado furúnculo inflamou o pescoço do Conselheiro José Bonifácio) ela

[40] *Henri Ardel:* escritor francês.

[41] *Lancia:* marca de automóvel de luxo da época.

estava achando um suco[42] aquela vesperal do Paulistano. O namorado ainda mais.

Os pares dançarinos maxixavam colados. No meio do salão eram um bolo tremelicante. Dentro do círculo palerma de mamãs, moças feias e moços enjoados. A orquestra preta tonitroava. Alegria de vozes e sons. Palmas contentes prolongaram o maxixe. O banjo é que ritmava os passos.

– Sua mãe me fez ontem uma desfeita na cidade.

– Não!

– Como não? Sim senhora. Virou a cara quando me viu.

... mas a história se enganou!

As meninas de ancas salientes riam porque os rapazes contavam episódios de farra muito engraçados. O professor da Faculdade de Direito citava Rui Barbosa para um sujeitinho de óculos. Sob a vaia do saxofone: turururu-turururum!

– Meu pai quer fazer um negócio com o seu.

– Ah sim?

Cristo nasceu na Bahia, meu bem...

O sujeitinho de óculos começou a recitar Gustave Le Bon mas a destra espalmada do catedrático o engasgou. Alegria de vozes e sons.

... e o baiano criou!

– Olhe aqui, Bonifácio: se esse carcamano vem pedir a mão de Teresa para o filho, você aponte o olho da rua para ele, compreendeu?

– Já sei, mulher, já sei.

Mas era coisa muito diversa.

O *Cav. Uff.*[43] Salvatore Melli alinhou algarismos torcendo a bigodeira. Falou como homem de negócios que enxerga longe. Demonstrou cabalmente as vantagens econômicas de sua proposta.

– O doutor...

– Eu não sou doutor, Senhor Melli.

– *Parlo* assim para facilitar. *Non* é para ofender. *Primo* o doutor pense bem. E *poi* me dê a sua resposta. *Domani, dopo domani*, na outra semana, quando quiser. *Io resto* à sua disposição. *Ma*[44] pense bem!

---

[42] *Achar um suco*: achar ótimo.

[43] *Cav. Uff.*: abreviatura de *Cavaliere Ufficiale* (Cavaleiro Oficial), título de nobreza vendido pela monarquia italiana na época.

[44] Tradução dos termos e das expressões em italiano: *parlo* = falo; *primo* = primeiro; *poi* = depois, mais tarde; *domani* = amanhã; *dopo domani* = depois de amanhã; *io resto* = eu fico; *ma* = mas.

Renovou a proposta e repetiu os argumentos pró. O conselheiro possuía uns terrenos em São Caetano. Coisas de herança. Não lhe davam renda alguma. O *Cav. Uff.* tinha a sua fábrica ao lado. 1.200 teares. 36.000 fusos. Constituíam uma sociedade. O conselheiro entrava com os terrenos. O *Cav. Uff.* com o capital. Armavam os trinta alqueires e vendiam logo grande parte para os operários da fábrica. Lucro certo, mais que certo, garantidíssimo.

– É. Eu já pensei nisso. Mas sem capital o senhor compreende é impossível...

– *Per Bacco*, doutor! Mas *io* tenho o capital. O capital *sono io*. O doutor entra com o terreno, mais nada. E o lucro se divide no meio.

O capital acendeu um charuto. O conselheiro coçou os joelhos disfarçando a emoção. A negra de broche serviu o café.

– *Dopo* o doutor me dá a resposta. *Io* só digo isto: pense bem.

O capital levantou-se. Deu dois passos. Parou. Meio embaraçado. Apontou para um quadro.

– Bonita pintura.

Pensou que fosse obra de italiano. Mas era de francês.

– *Francese?* Não é feio *non*. Serve.

Embatucou. Tinha qualquer coisa. Tirou o charuto da boca, ficou olhando para a ponta acesa. Deu um balanço no corpo. Decidiu-se.

– Ia *dimenticando* de dizer. O meu filho fará o gerente da sociedade... Sob a minha direção, *si capisce*.

– Sei, sei... O seu filho?

– *Si*. O Adriano. O doutor... *mi pare... mi pare* que conhece ele?

O silêncio do Conselheiro desviou os olhos do *Cav. Uff.* na direção da porta.

– Repito *un'altra* vez: O doutor pense bem[45].

O Isotta Fraschini[46] esperava-o todo iluminado.

– E então? O que devo responder ao homem?

– Faça como entender, Bonifácio...

– Eu acho que devo aceitar.

– Pois aceite.

E puxou o lençol.

A outra proposta foi feita de fraque e veio seis meses depois.

---

[45] Tradução dos termos e das expressões em italiano: *dimenticando* = esquecendo; *si capisce* = é claro; *mi pare* = me parece; *un'altra* = uma outra.

[46] *Isotta Fraschini*: marca de um carro luxuoso da época.

O Conselheiro José Bonifácio
de Matos e Arruda e senhora
têm a honra de participar a
V. Ex.ª e Ex.ᵐᵃ família
o contrato de casamento de
sua filha Teresa Rita com
o Sr. Adriano Melli
Rua da Liberdade, n.º 259-C

O Cav. Uff. Salvatore Melli
e senhora têm a honra de
participar a V.Ex.ª e Ex.ᵐᵃ
família o contrato de
casamento de seu filho Adriano
com a Senhorinha Teresa Rita
de Matos Arruda
Rua da Barra Funda, n.º 427

São Paulo, 19 de fevereiro de 1927.

No chá do noivado o *Cav. Uff.* Adriano Melli na frente de toda a gente recordou à mãe de sua futura nora os bons tempinhos em que lhe vendia cebolas e batatas, Olio di Lucca e bacalhau português, quase sempre fiado e até sem caderneta.

LISETTA

Quando Lisetta subiu no bonde (o condutor ajudou) viu logo o urso. Felpudo, felpudo. E amarelo. Tão engraçadinho.

Dona Mariana sentou-se, colocou a filha em pé diante dela.

Lisetta começou a namorar o bicho. Pôs o pirulito de abacaxi na boca. Pôs mas não chupou. Olhava o urso. O urso não ligava. Seus olhinhos de vidro não diziam absolutamente nada. No colo da menina de pulseira de ouro e meias de seda parecia um urso importante e feliz.

– Olhe o ursinho que lindo, mamãe!

– *Stai zitta*[47]!

A menina rica viu o enlevo e a inveja da Lisetta. E deu de brincar com o urso. Mexeu-lhe com o toquinho do rabo: e a cabeça do bicho virou para a esquerda, depois para a direita, olhou para cima, depois para baixo. Lisetta acompanhava a manobra. Sorrindo fascinada. E com um ardor nos olhos! O pirulito perdeu definitivamente toda a importância.

Agora são as pernas que sobem e descem, cumprimentam, se cruzam, batem umas nas outras.

– As patas também mexem, mamã. Olha lá!

– *Stai ferma*[48]!

Lisetta sentia um desejo louco de tocar no ursinho. Jeitosamente procurou alcançá-lo. A menina rica percebeu, encarou a coitada com raiva, fez uma careta horrível e apertou contra o peito o bichinho que custara cinquenta mil-réis na Casa São Nicolau.

– Deixa pegar um pouquinho, um pouquinho só nele, deixa?

– Ah!

– *Scusi*[49], senhora. Desculpe por favor. A senhora sabe, essas crianças são muito levadas. *Scusi*. Desculpe.

---

[47] Tradução da expressão em italiano: *Fique calada*.
[48] Tradução da expressão em italiano: *Fique quieta*.
[49] Tradução do termo em italiano: *Desculpe*.

A mãe da menina rica não respondeu. Ajeitou o chapeuzinho da filha, sorriu para o bicho, fez uma carícia na cabeça dele, abriu a bolsa e olhou o espelho.

Dona Mariana, escarlate de vergonha, murmurou no ouvido da filha:

— *In casa me lo pagherai*[50]!

E pespegou por conta um beliscão no bracinho magro. Um beliscão daqueles.

Lisetta então perdeu toda a compostura de uma vez.

Chorou. Soluçou. Chorou. Soluçou. Falando sempre.

— Hã! Hã! Hã! Hã! Eu que...ro o ur...so! O ur...so! Ai, mamãe! Ai, mamãe! Eu que...ro o... o... o... Hã! Hã!

— *Stai ferma o ti amazzo, parola d'onore*[51]!

— Um pou...qui...nho só! Hã! E... hã! E... hã! Um pou...qui...

— *Senti*, Lisetta. *Non ti porterò più in città! Mai più*[52]!

Um escândalo. E logo no banco da frente. O bonde inteiro testemunhou o feio que Lisetta fez.

O urso recomeçou a mexer com a cabeça. Da esquerda para a direita, para cima e para baixo.

— *Non piangere più adesso*[53]!

Impossível.

O urso lá se fora nos braços da dona. E a dona só de má, antes de entrar no palacete estilo empreiteiro português, voltou-se e agitou no ar o bichinho. Para Lisetta ver. E Lisetta viu.

Dem-dem! O bonde deu um solavanco, sacudiu os passageiros, deslizou, rolou, seguiu. Dem-dem!

— Olhe à direita!

Lisetta como compensação quis sentar-se no banco. Dona Mariana (havia pago uma passagem só) opôs-se com energia e outro beliscão.

A entrada de Lisetta em casa marcou época na história dramática da família Garbone.

Logo na porta um safanão. Depois um tabefe. Outro no corredor. Intervalo de dois minutos. Foi então a vez das chineladas. Para remate. Que não acabava mais.

O resto da gurizada (narizes escorrendo, pernas arranhadas, suspensórios de barbante) reunido na sala de jantar sapeava de longe.

---

[50] Tradução da frase em italiano: *Em casa você me paga.*
[51] Tradução da frase em italiano: *Fica quieta ou te mato, palavra de honra.*
[52] Tradução da frase em italiano: *Escuta, Lisetta, não te levarei mais à cidade. Nunca mais.*
[53] Tradução da frase em italiano: *Agora não chore mais.*

Mas o Ugo chegou da oficina.

– Você assim machuca a menina, mamãe! Coitadinha dela!

Também Lisetta já não aguentava mais.

– Toma pra você. Mas não escache[54].

Lisetta deu um pulo de contente. Pequerrucho. Pequerrucho e de lata. Do tamanho de um passarinho. Mas urso. Os irmãos chegaram-se para admirar. O Pasqualino quis logo pegar no bichinho. Quis mesmo tomá-lo à força. Lisetta berrou como uma desesperada:

– Ele é meu! O Ugo me deu!

Correu para o quarto. Fechou-se por dentro.

---

[54] *Não escache*: não deboche, não despreze.

CORINTHIANS (2)
VS. PALESTRA (1)

Prrrrii!

– Aí, Heitor!

A bola foi parar na extrema esquerda. Melle desembestou com ela.

A arquibancada pôs-se em pé. Conteve a respiração. Suspirou:

– Aaaah!

Miquelina cravava as unhas no braço gordo da Iolanda. Em torno do trapézio verde a ânsia de vinte mil pessoas. De olhos ávidos. De nervos elétricos. De preto. De branco. De azul. De vermelho.

Delírio futebolístico no Parque Antártica.

Camisas verdes e calções negros corriam, pulavam, chocavam-se, embaralhavam-se, caíam, contorcionavam-se, esfalfavamse, brigavam. Por causa da bola de couro amarelo que não parava, que não parava um minuto, um segundo. Não parava.

– Neco! Neco!

Parecia um louco. Driblou. Escorregou. Driblou. Correu. Parou. Chutou.

– Gooool! Gooool!

Miquelina ficou abobada com o olhar parado. Arquejando. Achando aquilo um desaforo, um absurdo.

Aleguá-guá-guá! Aleguá-guá-guá! Hurra! Hurra! Corinthians!

Palhetas subiram no ar. Com os gritos. Entusiasmos rugiam. Pulavam. Dançavam. E as mãos batendo nas bocas:

– Go-o-o-o-o-o-ol!

Miquelina fechou os olhos de ódio.

– Corinthians! Corinthians!

Tapou os ouvidos.

– Já me estou deixando ficar com raiva!

A exaltação decresceu como um trovão.

– O Rocco é que está garantindo o Palestra. Aí, Rocco! Quebra eles sem dó!

A Iolanda achou graça. Deu risada.

– Você está ficando maluca, Miquelina. Puxa! Que bruta paixão!

Era mesmo. Gostava do Rocco, pronto. Deu o fora no Biagio (o jovem e esperançoso esportista Biagio Panaiocchi, diligente auxiliar da firma desta praça G. Gasparoni & Filhos e denodado meia-direita do S. C. Corinthians Paulista, campeão do Centenário) só por causa dele.

– Juiz ladrão, indecente! Larga o apito, gatuno!

Na Sociedade Beneficente e Recreativa do Bexiga toda a gente sabia de sua história com o Biagio. Só porque ele era frequentador dos bailes dominicais da Sociedade não pôs mais os pés lá. E passou a torcer para o Palestra. E começou a namorar o Rocco.

– O Palestra não dá pro pulo!

– Fecha essa latrina, seu burro!

Miquelina ergueu-se na ponta dos pés. Ergueu os braços. Ergueu a voz:

– Centra, Matias! Centra, Matias!

Matias centrou. A assistência silenciou. Imparato emendou. A assistência berrou.

– Palestra! Palestra! Aleguá-guá! Palestra Aleguá! Aleguá!

O italianinho sem dentes com um soco furou a palheta Ramenzoni de contentamento. Miquelina nem podia falar. E o menino de ligas saiu de seu lugar, todo ofegante, todo vermelho, todo triunfante, e foi dizer para os primos corintianos na última fileira da arquibancada:

– Conheceram, seus canjas?

O campo ficou vazio.

– Ó... lh'a gasosa[55] !

Moças comiam amendoim torrado sentadas nas capotas dos automóveis. A sombra avançava no gramado maltratado. Mulatas de vestidos azuis ganhavam beliscões. E riam. Torcedores discutiam com gestos.

– Ó... lh'a gasosa!

Um aeroplano passeou sobre o campo. Miquelina mandou pelo irmão um recado ao Rocco.

– Diga pra ele quebrar o Biagio que é o perigo do Corinthians.

Filipino mergulhou na multidão.

Palmas saudaram os jogadores de cabelos molhados.

Prrrrii!

– O Rocco disse pra você ficar sossegada.

---

[55] *Gasosa*: refrigerante, limonada gasosa.

Amílcar deu uma cabeçada. A bola foi bater em Tedesco que saiu correndo com ela. E a linha toda avançou.

– Costura, macacada!

Mas o juiz marcou um impedimento.

– Vendido! Bandido! Assassino!

Turumbamba na arquibancada. O refle do sargento subiu a escada.

– Não pode! Põe pra fora! Não pode!

Turumbamba na geral. A cavalaria movimentou-se. Miquelina teve medo. O sargento prendeu o palestrino.

Miquelina protestou baixinho:

– Nem torcer a gente pode mais! Nunca vi!

– Quantos minutos ainda?

– Oito.

Biagio alcançou a bola. Aí, Biagio! Foi levando, foi levando. Assim, Biagio! Driblou um. Isso! Fugiu de outro. Isso! Avançava para a vitória. Salame nele, Biagio! Arremeteu. Chute agora! Parou. Disparou. Parou. Aí! Reparou. Hesitou. Biagio! Biagio! Calculou. Agora! Preparou-se. Olha o Rocco! É agora. Aí! Olha o Rocco! Caiu.

– CA-VA-LO!

Prrrrii!

– Pênalti!

Miquelina pôs a mão no coração. Depois fechou os olhos. Depois perguntou:

– Quem é que vai bater, Iolanda?

– O Biagio mesmo.

– Desgraçado.

O medo fez silêncio.

Prrrrii!

Pan!

– Go-o-o-o-ol! Corinthians!

– Quantos minutos ainda?

Pri-pri-pri!

– Acabou, Nossa Senhora!

Acabou.

As árvores da geral derrubaram gente.

– Abr'a porteira! Rá! Fech'a porteira! Prá!

O entusiasmo invadiu o campo e levantou o Biagio nos braços.

– Solt'o rojão! Fiu! Rebent'a bomba! Pum! CORINTHIANS!

O ruído dos automóveis festejava a vitória. O campo foi-se esvaziando como um tanque. Miquelina murchou dentro de sua tristeza.

– Que é – que é? É jacaré? Não é!

Miquelina nem sentia os empurrões.

– Que é – que é? É tubarão? Não é!

Miquelina não sentia nada.

– Então que é? CORINTHIANS!

Miquelina não vivia.

Na Avenida Água Branca os bondes formando cordão espera-vam campainhando o zé-pereira.

– Aqui, Miquelina.

Os três espremeram-se no banco onde já havia três. E gente no estribo[56]. E gente na coberta. E gente nas plataformas. E gente do lado da entrevia.

A alegria dos vitoriosos demandou a cidade. Berrando, asso-biando e cantando. O mulato com a mão no guindaste é quem puxava a ladainha:

– O Palestra levou na testa!

E o pessoal entoava:

– *Ora pro nobis*[57]!

Ao lado de Miquelina o gordo de lenço no pescoço desaba-fou:

– Tudo culpa daquela besta do Rocco!

Ouviu, não é Miquelina? Você ouviu?

– Não liga pra esses trouxas, Miquelina.

Como não liga?

– O Palestra levou na testa!

Cretinos.

– *Ora pro nobis*!

Só a tiro.

– Diga uma coisa, Iolanda. Você vai hoje na Sociedade?

– Vou com o meu irmão.

– Então passa por casa que eu também vou.

– Não!

– Que bruta admiração! Por que não?

– E o Biagio?

– Não é de sua conta.

Os pingentes[58] mexiam com as moças de braço dado nas calçadas.

---

[56] *Estribo:* degrau que contornava as laterais do bonde para o pedestre ter acesso.

[57] *Ora pro nobis:* essa invocação muito comum provém da prática das litanias, em que o povo responde assim às invocações feitas a Nossa Senhora ou aos Santos. Trata-se, pois, de um pedido de intercessão que o homem dirige a quem está bem perto de Deus.

[58] *Pingentes:* pessoas que vão penduradas nos bondes e em outros veículos porque não têm dinheiro para pagar a passagem ou porque eles estão lotados.

NOTAS BIOGRÁFICAS DO NOVO DEPUTADO

O coronel recusou a sopa.

– Que é isso, Juca? Está doente?

O coronel coçou o queixo. Revirou os olhos. Quebrou um palito. Deu um estalo com a língua.

– Que é que você tem, homem de Deus?

O coronel não disse nada. Tirou uma carta do bolso de dentro. Pôs os óculos. Começou a ler:

"*Ex.ᵐᵒ Sr. coronel Juca.*"

– De quem é?

– Do administrador da Santa Inácia.

– Já sei. Geada?

– Escute. *Ex.ᵐᵒ Sr. coronel Juca. Respeitosas Saudações. Em primeiro lugar Saudo-vos. V. Ex.ᵃ e D. Nequinha. Coronel venho por meio desta respeitosamente comunicar para V. Ex.ᵃ que o cafezal novo agradeceu bastante as chuvarada desta semana. E tal e tal e tal. Me acho doente diversos incomodos divido o serviço.*

– Coitado.

– Mas não é isso. *O major Domingo Neto mandou buscar a vacca...* Oh senhor! Não acho...

– Na outra página, Juca.

– Está aqui. Vá escutando. *Em último lugar, vos comunico que o seu comprade João Intaliano morreu...*

– Meu Deus, não diga?!

– *... morreu segundu que passou de uma anemia nos rim. Por esses motivos recolhi em casa o vosso afilhado e orpham Gennarinho. Pessu para V. Ex.ᵃ que me mande dizer o distino e tal.* E agora, mulher?

Dona Nequinha suspirou. Bebeu um gole de água. Mandou levar a sopa.

– E então?

Dona Nequinha passou a língua nos lábios. Levantou a tampa da farinheira. Arranjou o virote.

– E então? Que é que eu respondo?

Dona Nequinha pensou. Pensou. Pensou. E depois:

– Vamos pensar bem primeiro, Juca. Não coma o torresmo que faz mal. Amanhã você responde. E deixe-se de extravagâncias.

Gennarinho desceu na estação da Sorocabana com o nariz escorrendo. Todo chibante[59]. De chapéu vermelho. Bengalinha na mão. Rebocado pelo filho mais velho do administrador. E com uma carta para o Coronel J. Peixoto de Faria.

Tomou o coche Hudson que estava à sua espera. Veio desde a estação até a Avenida Higienópolis com a cabeça para fora do automóvel soltando cusparadas. Apertou o dedo no portão. Disse uma palavra feia. Subiu as escadas berrando.

– Tire o chapéu.

Tirou.

– Diga boa-noite.

Disse.

– Beije a mão dos padrinhos.

Beijou.

– Limpe o nariz.

Limpou com o chapéu.

– Pronto, Nhãzinha. A telefonista cortou. Chegou anteontem. Espertinho como ele só. Nem você imagina. Tem nove anos. É sim. Crescidinho. Juca ficou com dó dele. Pois é. Coitadinho. Imagine. Pois é. Faz de conta que é um filho. Já estou querendo bem mesmo. Gennarinho. O quê? É sim. Nome meio esquisito. Também acho. O Juca está que não pode mais de satisfeito. Ele que sempre desejou ter tanto um filho, não é? Pois então. Nasceu no Brás. O pai era não sei o quê. Estava na fazenda há cinco anos já. Bom, Nhãzinha. O Juca está me chamando. Beijos na Marianinha. Obrigada. O mesmo. Até amanhã. Ah! Ah! Ah Imagine! Nesta idade!... Até amanhã, Nhãzinha. Que é que você queria, Juca?

– Agora é tarde. Você não sabe o que perdeu.

– O Gennarinho, é?

– Diabinho de menino! Querendo a toda força levantar a saia da Atsué.

– Mas isso não está direito, Juca. Vou já e já...

– É. Direito não está mesmo. Mas é engraçado.

– ... dar uns tapas nele.

– Não faça isso, ora essa! Dar à toa no menino!

– Não é à toa, Juca.

– Bom. Então dê. Olhe aqui: eu mesmo dou, sabe? Eu tenho mais jeito.

Um dia na mesa o coronel implicou:

– Esse negócio de Gennarinho não está certo. Gennarinho não é nome de gente. Você agora passa a se chamar Januário que é

---

a tradução. Eu já indaguei. Ouviu? Eta menino impossível! Sente-se já aí direito! Você passa a se chamar Januário. Ouviu?

– Ouvi.

– Não é assim que se responde. Diga sem se mexer na cadeira: Ouvi, sim senhor.

– Ouvi, sim senhor coronel!

Dona Nequinha riu como uma perdida. Da resposta e da continência.

Uma noite na cama Dona Nequinha perguntou:

– Juca: você já pensou no futuro do menino?

O coronel estava dorme não dorme. Respondeu bocejando:

– Já-á-á!...

– Que é que você resolveu?

O coronel levou um susto.

– O quê? Resolveu o quê?

– O futuro do menino, homem de Deus!

– Hã!...

– Responda.

O coronel coçou primeiro o pescoço.

– Para falar a verdade, Nequinha, ainda não resolvi nada.

O suspiro desanimado da consorte foi um protesto contra tamanha indecisão.

– Mas você não há de querer que ele cresça um vagabundo, eu espero.

– Pois está visto que não quero.

Aproveitando o silêncio o despertador bateu mais forte no criado-mudo. Dona Nequinha ajeitou o travesseiro. São José dentro de sua redoma espiou o voo de dois pernilongos.

– Eu acho que... Apague a luz que está me incomodando.

– Pronto. Acho o quê?

– Eu acho que a primeira coisa que se deve fazer é meter o menino num colégio.

– Num colégio de padres.

– É.

– Eu sou católica. Você também é. O Januário também será.

– Muito bem...

– Você parece que está dizendo isso assim sem muito entusiasmo...

Era sono.

– Amanhã-ã-ã... ai! ai!... nós vemos isso direito, Nequinha...

Até o coronel ajudou a aprontar o Januário. Foi quem pôs ordem na cabelada cor de abóbora. Na terceira tentativa fez uma risca bem no meio da cabeça.

– Agora só falta a merenda.

Dona Nequinha preparou logo. Pão francês. Goiabada Pesqueira. Queijo Palmira.

– Diga pro Inácio tirar o automóvel. O fechado.

A comoção era geral. Dona Nequinha apertou mais uma vez a gravata azul do Januário. O coronel deu uma escovadela, pensativo, no gorro. Januário fez uma cara de vítima.

– Vamos indo que está na hora.

Dona Nequinha (o coronel já se achava no meio da escadaria de mármore carregando a pasta colegial) beijou mais uma vez a testa do menino. Chuchurreadamente. Maternalmente.

– Vá, meu filhinho. E tenha muito juízo, sim? Seja muito respeitador. Vá.

Todo compenetrado, de pescoço duro e passo duro, Januário alcançou o coronel.

A meninada entrava no Ginásio de São Bento em silêncio e beijava a mão do Senhor Reitor. Depois disparava pelos corredores jogando os chapéus no ar. As aulas de portas abertas esperavam de carteiras vazias. O berreiro sufocava o apito dos vigilantes.

– Cumprimente o Senhor Reitor.

D. Estanislau deu umas palmadinhas na nuca do Januário. Januário tremeu.

– Crescidinho já. Muito bem. Muito bem. Como se chama?

Januário não respondeu.

– Diga o seu nome para o Senhor Reitor.

– Januário.

– Ah! Muito bem. Januário. Muito bem. Januário de quê?

Januário estava louco para ir para o recreio. Nem ouviu.

– Diga o seu nome todo, menino!

Com os olhos no coronel:

– Januário Peixoto de Faria.

O porteiro apareceu com uma sineta na mão. Dlin-dlin! Dlin-dlin! Dlin-dlin!

O coronel seguiu para o São Paulo Clube pensando em fazer testamento.

O MONSTRO DE RODAS

O Nino apareceu na porta. Teve um arrepio. Levantou a gola do paletó.

– Ei, Pepino! Escuta só o frio!

Na sala discutiam agora a hora do enterro. A Aída achava que de tarde ficava melhor. Era mais bonito. Com o filho dormindo no colo Dona Mariângela achava também.

A fumaça do cachimbo do marido ia dançar bem em cima do caixão.

– Ai, Nossa Senhora! Ai, Nossa Senhora!

Dona Nunzia descabelada enfiava o lenço na boca.

– Ai, Nossa Senhora! Ai, Nossa Senhora!

Sentada no chão a mulata oferecia o copo de água de flor de laranja.

– Leva ela pra dentro!

– Não! Eu não quero! Eu... não... quero!...

Mas o marido e o irmão a arrancaram da cadeira e ela foi gritando para o quarto. Enxugaram-se lágrimas de dó.

– Coitada da Dona Nunzia!

A negra de sandália sem meia principiou a segunda volta do terço.

– Ave Maria, cheia de graça, o Senhor...

Carrocinhas de padeiro derrapavam nos paralelepípedos da Rua Sousa Lima. Passavam cestas para a feira do Largo do Arouche. Garoava na madrugada roxa.

– ...da nossa morte. Amém. Padre Nosso que estais no Céu...

O soldado espiou da porta. Seu Chiarini começou a roncar muito forte. Um bocejo. Dois bocejos. Três. Quatro. – ...de todo o mal. Amém.

A Aída levantou-se e foi espantar as moscas do rosto do anjinho.

O violão e a flauta recolhendo de farra emudeceram respeitosamente na calçada.

Na sala de jantar Pepino bebia cerveja em companhia do Américo Zamponi (SALÃO PALESTRA ITÁLIA – Engraxa-se na perfeição a 200 réis) e o Tibúrcio (– O Tibúrcio... – O mulato? – Quem mais há de ser?).

– Quero só ver daqui a pouco a notícia do *Fanfulla*.
Deve cascar[60] o almofadinha[61].
– Xi, Pepino! Você é ainda muito criança. Tu é ingênuo, rapaz. Não conhece a podridão da nossa imprensa. Que o quê, meu nego. Filho de rico manda nesta terra que nem a Light[62]. Pode matar sem medo. É ou não é, Seu Zamponi?
Seu Américo Zamponi soltou um palavrão, cuspiu, soltou outro palavrão, bebeu, soltou mais outro palavrão, cuspiu.
– É isso mesmo, Seu Zamponi, é isso mesmo!

O caixãozinho cor-de-rosa com listas prateadas (Dona Nunzia gritava) surgiu diante dos olhos assanhados da vizinhança reunida na calçada (a molecada pulava) nas mãos da Aída, da Josefina, da Margarida e da Linda.
– Não precisa ir depressa para as moças não ficarem escangalhadas.
A Josefina na mão livre sustentava um ramo de flores. Do outro lado a Linda tinha a sombrinha verde, aberta. Vestidos engomados, armados, um branco, um amarelo, um creme, um azul. O enterro seguiu.
O pessoal feminino da reserva carregava dálias e palmas-de-são-josé. E na calçada os homens caminhavam descobertos.

O Nino quis fechar com o Pepino uma aposta de quinhentão.
– A gente vai contando os trouxas que tiram o chapéu até a gente chegar no Araçá. Mais de cinquenta você ganha. Menos, eu.
Mas o Pepino não quis. E pegaram uma discussão sobre qual dos dois era o melhor: Friedenreich ou Feitiço[63].
– Deixa eu carregar agora, Josefina?
– Puxa, que fiteira! Só porque a gente está chegando na Avenida Angélica. Que mania de se mostrar que você tem!
O *grilo* fez continência. Automóveis disparavam para o corso com mulheres de pernas cruzadas mostrando tudo. Chapéus cumprimentavam dos ônibus, dos bondes. Sinais da santa cruz. Gente parada.
Na Praça Buenos Aires, Tibúrcio já havia arranjado três votos para as próximas eleições municipais.

– Mamãe, mamãe! Venha ver um enterro, mamãe!
Aída voltou com a chave do caixão presa num lacinho de

---

[60] *Cascar:* criticar, censurar.

[61] *Almofadinha:* maneira irônica de se referir a homem rico, bem vestido.

[62] *Light:* poderosa empresa canadense que introduziu a energia elétrica na cidade de São Paulo.

[63] *Friedenreich ou Feitiço:* dois famosos jogadores de futebol da época.

fita. Encontrou Dona Nunzia sentada na beira da cama olhando o retrato que a *Gazeta* publicara. Sozinha. Chorando.

– Que linda que era ela!

– Não vale a pena pensar mais nisso, Dona Nunzia... O pai tinha ido conversar com o advogado.

ARMAZÉM PROGRESSO DE SÃO PAULO

O armazém do Natale era célebre em todo o Bexiga por causa deste anúncio:

> Aviso às Excelentíssimas Mães de Família!
> O *Armazém Progresso de São Paulo*
> DE NATALE PIENOTTO
> TEM ARTIGOS DE TODAS AS QUALIDADES
> DÁ-SE UM CONTO DE RÉIS[64] A QUEM PROVAR
> O CONTRÁRIO
> N. B. – Jogo de *bocce*[65] com serviço
> de restaurante nos fundos.

Isso em letras formidáveis na fachada e em prospectos entregues em domicílio.

O filho do doutor da esquina, que era muito pândego e comprava cigarros no armazém mandando-os debitar na conta do pai com outro nome, bulia todos os santos dias com o Natale:

– Seu Natale, o senhor tem pneumáticos-balão aí?

– Que negócio é esse?

– Ah, não tem? Então passe já para cá um conto de réis.

– Você não vê logo, Zezinho, que isso é só para tapear os trouxas? Que é que você quer? Um maço de Sudan Ovais[66]? E como é na caderneta?

– Bote hoje uma Si-Si que é também pra tapear o trouxa.

O Natale achava uma graça imensa e escrevia:

Duas Si-Si pro Sr. Zezinho – 1$200.

O Armazém Progresso de São Paulo começou com uma porta no lado par da Rua da Abolição. Agora tinha quatro no lado ímpar.

---

[64] *Um conto de réis:* quantia muito elevada na época.

[65] *Bocce:* bocha.

[66] *Sudan Ovais:* marca de cigarros.

Também o Natale não despregava do balcão de madrugada a madrugada. Trabalhava como um danado. E Dona Bianca suando firme na cozinha e no *bocce*.

– Se não é essa coisa de imposto, puxa vida!

Mas a caderneta da Banca Francese ed Italiana per l'America del Sud ria dessa coisa de imposto.

– Dá aí duzentão de cachaça!

O negro fedido bebeu de um gole só. Começou a cuspir.

No quintal o pessoal do *bocce* gritava que nem no futebol. Entusiasmos estalavam:

– *Evviva il campionissimo*[67]!

O Ferrucio entrou de pé no chão e relógio-pulseira.

– Mais duas de Hamburguesa[68], Seu Natale.

Meninas enlaçadas passeavam na calçada. O lampião de gás piscava pra elas. A locomotiva fumegando no carrinho de mão apitava amendoim torrado. O Brodo passou cantando.

Natale veio à porta da rua estirar os braços. Em frente a Confeitaria Paiva Couceiro expunha renques de cebola e a mulher do proprietário grávida com um filhinho no colo. Esse espetáculo diário era um gozo para o Natale. Cebola era artigo que estava por preço que as excelentíssimas mães de família achavam uma beleza de preço. E o mondrongo[69] coitado tinha um colosso de cebolas galegas empatado na confeitaria. Natale que não perdia tempo calculou logo quanto poderia oferecer por toda aquela mercadoria (cebolas e o resto) no leilão da falência: dez contos, talvez sete, quem sabe cinco. O português não aguentaria mesmo o tranco por mais tempo.

– Dona Bianca está chamando o senhor depressa na cozinha.

Resolveu primeiro apertar o homem no vencimento da letra. E acendeu um Castro Alves[70].

A roda de *pizza* chiava na panela.

– *Con molte alici, eh dama Bianca*[71]!

– *Si capisce, sor Luigi*[72]!

Natale entrou.

– Vem aqui no quarto.

Natale foi meio desconfiado.

– Que é?

Bianca quando dava para falar era aquela desgraça.

– José Espiridião, o mulato, o do Abastecimento, ora, o da Comissão do Abastecimento...

---

[67] Tradução da expressão em italiano: *Viva o campeoníssimo.*

[68] *Hamburguesa:* marca de cerveja da época.

[69] *Mondrongo:* apelido pejorativo que se dava aos portugueses.

[70] *Castro Alves:* marca de cigarro ou charuto da época.

[71] Tradução da expressão em italiano: *Com bastante aliche, hein, dona Bianca.*

[72] Tradução da expressão em italiano: *É claro, senhor Luigi.*

– Já sei.

...estava ali no quintal assistindo a uma partida de *bocce*. Conversando com o Giribello, o sapateiro, o pai da Genoveva...

– Já sei.

Bianca foi levar lá um prato de não sei o quê e o sem-vergonha do mulato até brincara com ela. Disse umas gracinhas. Mas ela não ficou quieta não. Que esperança. Deu uma resposta até que o Espiridião ficou até assim meio...

– Já sei.

Pois é. Ela ficou ali espiando o *bocce* porque era a vez do Nicola jogar. E como o Nicola já sabe é o campeão e estava num dia mesmo de...

– Sei!

Pois é. Ela ficou espiando. E também escutando o que o Espiridião estava dizendo para o Giribello. Não é que ela fazia questão de escutar o que ele falava. Não. Mas ela estava ali perto – não é? – então...

– SEI!

O Espiridião falava assim para o Giribello que a crise era um fato, que a cebola por exemplo ia ficar pela hora da morte. O pessoal da Comissão do Abastecimento andava até...

– SEI!

Ela então não quis ouvir mais nada. Veio correndo e mandou o Ferrucio chamá-lo para lhe dizer que desse um jeito com o português.

– Já sei...

Se não aproveitasse agora nunca mais. O homem que desse em pagamento da letra as...

– Dona Bianca! Venha depressa que o Dino quer avançar nas comidas!

– Mais um copo, Seu Doutor?

José Espiridião aceitava o título e a cerveja.

– Pois é como estou lhe contando, Seu Natale. A tabela vai subir porque a colheita foi fracota como o diabo. Ai, ai! Coitado de quem é pobre.

Natale abriu outra Antártica.

– Cebola até o fim do mês está valendo três vezes mais. Não demora muito temos cebola aí a cinco mil-réis o quilo ou mais. Olhe aqui, amigo Natale: trate de bancar o açambarcador. Não seja besta. O pessoal da alta que hoje cospe na cabeça do povo enriqueceu assim mesmo. Igualzinho.

Natale já sabia disso.

– Se o doutor me promete ficar quieto – compreende? – e o negócio dá certo o doutor leva também as suas vantagens...

Espiridião já sabia disso.

Dona Bianca pôs o Nino na caminha de ferro. Ele ficou com uma perna fora da coberta. Toda cheia de feridas.

Então o Natale entrou assobiando a *Tosca*[73]. – A mulher olhou para ele. Percebeu tudo. Perguntou por perguntar:

– Arranjou?

Natale segurou-a pelas orelhas, quase encostou o nariz no dela.

– Diga se eu tenho cara de trouxa!

Deu na Dona Bianca um empurrão contente da vida, deu uma volta sobre os calcanhares, deu um soco na cômoda, saiu e voltou com meio litro de Chianti Ruffino[74]. Parou. Olhou para a garrafa. Hesitou. Saiu de novo. E trouxe meia Pretinha[75].

Dona Bianca deitou-se sem apagar a luz. Olhou muito para o Dino que dormia de boca aberta. Olhou muito para o Santo Antonio di Padova col Gesù Bambino[76] bem no meio da parede amarela. Mais uma vez olhou muito para o Dino que mudara de posição. E fechou os olhos para se ver no palacete mais caro da Avenida Paulista.

---

[73] *Tosca:* famosa ópera do compositor italiano Giacomo Puccini (1858-1924).

[74] *Chianti Ruffino:* marca de vinho.

[75] *Pretinha:* cerveja preta.

[76] *Santo Antonio di Padova col Gesù Bambino:* Santo Antônio de Pádua com o Menino Jesus.

NACIONALIDADE

O barbeiro Tranquillo Zampinetti da Rua do Gasômetro n.º 224-B entre um cabelo e uma barba lia sempre os comunicados de guerra do *Fanfulla*. Muitas vezes em voz alta até. De puro entusiasmo. *La fulminante investita dei nostri bravi bersaglieri ha ridotto le posizione nemiche in un vero amazzo di rovine. Nel campo di battaglia sono restati circa cento e novanta nemici. Dalla nostra parte abbiamo perduto due cavalli ed è rimasto ferito un bravo soldato, vero eroe che si à avventurato troppo nella conquista fatta da solo di una batteria nemica*[77].

Comunicava ao Giacomo engraxate (SALÃO MUNDIAL) a nova vitória e entoava:

> *Tripoli sarà italiana,*
> *sarà italiana a rombo di cannone*[78]*!*

Nesses dias memoráveis diante dos fregueses assustados brandia a navalha como uma espada:

> – *Caramba, come dicono gli spagnuoli*[79]*!*

Mas tinha um desgosto. Desgosto patriótico e doméstico. Tanto o Lorenzo como o Bruno (Russinho para a saparia[80] do Brás) não queriam saber de falar italiano. Nem brincando. O Lorenzo era até irritante.

– *Lorenzo! Tua madre ti chiama*[81]*!*

Nada.

---

[77] Tradução do trecho em italiano: *A fulminante investida dos nossos bravos soldados do corpo de caçadores reduziu a posição inimiga a um verdadeiro monte de ruínas. No campo de batalha restaram apenas cerca de cento e noventa inimigos. Da nossa parte havíamos perdido dois cavalos e um bravo soldado ficou ferido, verdadeiro herói que se aventurou demais em sua conquista, que realizou sozinho, de uma bateria inimiga.*

[78] Tradução dos versos em italiano: *Trípoli [capital da Líbia] será italiana, / será italiana a estrondo de canhões.*

[79] Tradução da frase em italiano: *Caramba, como dizem os espanhóis.*

[80] *Saparia:* Turma.

[81] Tradução da frase em italiano: *Sua mãe está chamando.*

– *Tua madre ti chiama, ti dico*[82]!

Inútil.

– *Per l'ultima volta, Lorenzo! Tua madre ti chiama, hai capito*[83]?

Que o quê.

– *Stai attento che ti rompo la faccia, figlio d'un cane sozzaglione, che non sei altro*[84]!

– Pode ofender que eu não entendo! Mamãe! MAMÃE! MAMÃE!

Cada surra que só vendo.

Depois do jantar Tranquillo punha duas cadeiras na calçada e chamava a mulher. Ficavam gozando a fresca[85] uma porção de tempo. Tranquillo cachimbando. Dona Emília fazendo meias roxas, verdes, amarelas. Às vezes o Giacomo vinha também carregando a sua cadeira de palha grossa.

Raramente abriam a boca. Quase que para cumprimentar só:

– *Buona sera*[86], *Crispino*.

– *Tanti saluti a casa, sora Clementina*[87].

Mas quando dava na telha do Carlino Pantaleoni, proprietário da QUITANDA BELLA TOSCANA, de vir também se reunir ao grupo era uma vez o silêncio. Falava tanto que nem parava na cadeira. Andava de um lado para outro. Com grandes gestos. E era um desgraçado: citava Dante Alighieri e Leonardo da Vinci[88]. Só esses. Mas também sem titubear. E vinte vezes cada dez minutos. Desgraçado.

O assunto já sabe: Itália. Itália e mais Itália. Porque a Itália isto, porque a Itália aquilo. E a Itália quer, a Itália faz, a Itália é, a Itália manda.

Giacomo era menos jacobino. Tranquillo era muito. Ficava quieto porém.

É. Ficava quieto. Mas ia dormir com aquela ideia na cabeça: voltar para a pátria.

Dona Emília sacudia os ombros.

---

[82] Tradução da frase em italiano: *Sua mãe está chamando, estou dizendo.*

[83] Tradução da frase em italiano: *Pela última vez, Lorenzo! Sua mãe está chamando, entendeu.*

[84] Tradução da frase em italiano: *Preste atenção que eu quebro sua cara, filho de um cão imundo, que é o que você é.*

[85] *Gozar a fresca*: tomar ar fresco.

[86] Tradução da expressão em italiano: *Boa noite.*

[87] Tradução da expressão em italiano: *Muitas saudações em casa, dona Clementina.*

[88] *Dante Alighieri* (1265-1321): poeta florentino; *Leonardo da Vinci* (1452-1519): artista e sábio italiano.

Um dia o Ferrucio candidato do governo a terceiro juiz de paz do distrito veio cabalar[89] o voto do Tranquillo. Falou. Falou. Falou. Tranquillo escanhoando o rosto do político só escutava.

— *Siamo intesi?*

— *No. Non sono elettore.*

— *Non è elettore? Ma perchè?*

— *Perchè sono italiano, mio caro signore.*

— *Ma che c'entra la nazionalità, Dio Santo? Pure io sono italiano e farò il giudice!*

— *Stà bene, stà bene. Penserò[90].*

E votou com outra caderneta.

Depois gostou. Alistou-se eleitor. E deu até para cabalar.

A guerra europeia encontrou Tranquillo Zampinetti proprietário de quatro prédios na Rua do Gasômetro, dois na Rua Piratininga, cabo influente do Partido Republicano Paulista e dileto compadre do primeiro subdelegado do Brás; o Lorenzo interessado da firma Vanzinello & Cia. e noivo da filha mais velha do Major Antônio Del Piccolo, membro do diretório governista do Bom Retiro; o Bruno vice-presidente da Associação Atlética Pingue-Pongue e primeiranista do Ginásio do Estado.

Tranquillo agitou-se todo. Comprou um mapa das operações com as respectivas bandeirinhas. Colocou no salão o retrato da família real. Enfeitou o lustre com papel de seda tricolor.

— *Questa volta Guglielmone avrà il suo[91]!*

Lorenzo noivava. Bruno caçoava.

Dona Clementina pouco ligava. Mas no dia em que o marido resolveu influenciado pelo Carlino subscrever para o empréstimo de guerra protestou indignada. Tranquillo deu dois gritos patrióticos. Dona Emília deu três econômicos.

Tranquillo cedeu. E mostrou ao Carlino como explicação a sua caderneta de eleitor.

Aos poucos mesmo foi-se desinteressando da guerra. E chegou à perfeição de ficar quieto na tarde em que o Bruno entrou pela casa adentro berrando como um possesso:

Il General Cadorna

scrisse alla Regina:

---

[89] *Cabalar:* tentar convencer alguém a votar em certo candidato.

[90] Tradução do trecho em italiano: *Estamos entendidos? / Não. Não sou eleitor. / Não é eleitor? Mas por quê? / Porque sou italiano, meu caro senhor. / Mas o que importa a nacionalidade, Santo Deus? Eu também sou italiano e serei juiz! / Está bem, está bem. Vou pensar.*

[91] Tradução da frase em italiano: *Desta vez Guglielmone verá o que é bom.*

Si vuol vedere Trieste
t'la mando in cartolina[92]...

E o Bruno só para moer não cantou outra coisa durante três dias.

Proprietário de mais dois prédios à Rua Santa Cruz da Figueira, Tranquillo Zampinetti fechou o salão (a mão já lhe tremia um pouquinho) e entrou para sócio comanditário da Perfumaria Santos Dumont.

Então já dizia em conversa no Centro Político do Brás:

– Do que a gente *bisogna*[93] no Brasil, *bisogna* mesmo, é *d'un buono* governo, mais nada!

E o único trabalho que tinha era fiscalizar todos os dias a construção da capela da família no cemitério do Araçá.

Quando o Bruno bacharel em Ciências Jurídicas e Sociais pela Faculdade de Direito de São Paulo ao sair do salão nobre no dia da formatura caiu nos seus braços Tranquillo Zampinetti chorou como uma criança.

No pátio a banda da Força Pública (gentilmente cedida pelo doutor Secretário da Justiça) terminava o hino acadêmico.

A estudantada gritava para os visitantes:

– Chapéu! Chapéu-péu-péu!

E *maxixava* sob as arcadas.

Tranquillo empurrou o filho com fraque e tudo para dentro do automóvel no Largo de São Francisco e mandou tocar a toda para casa.

Dona Emília estava mexendo na cozinha quando o filho do Lorenzo gritou no corredor:

– Vovó! Vovó! Venha ver o tio Bruno de cartola!

Tremeu inteirinha. E veio ao encontro do filho amparada pelo Lorenzo e pela nora.

– *Benedetto pupo mio*[94]!

Vendo os cinco chorando abraçados o filho do Lorenzo abriu também a boca.

O primeiro serviço profissional do Bruno foi requerer ao Ex.mo Sr. Dr. Ministro da Justiça e Negócios Interiores do Brasil a naturalização de Tranquillo Zampinetti, cidadão italiano residente em São Paulo.

---

[92] Tradução dos versos em italiano: *O General Cadorna / escreveu à Rainha / Se quiser ver Trieste / mando-a num cartão-postal.*

[93] Tradução do termo em italiano: *precisa.*

[94] Tradução da frase em italiano: *Meu bendito menino.*

DIÁRIOS DE
UM CLÁSSICO

POR DENTRO DE BRÁS, BEXIGA E BARRA FUNDA

UM NOVO OLHAR SOBRE SÃO PAULO

São Paulo foi o principal centro das mudanças modernistas que ocorreram desde os anos 1910. Lembremos da exposição de Anita Malfatti, em 1917, estopim de intensa polêmica gerada pelo artigo de Monteiro Lobato no jornal *O Estado de S.Paulo* intitulado "Paranoia ou mistificação?". Também em 1917, Oswald de Andrade publica no jornal *O Pirralho* a primeira versão de seu romance experimental *Memórias sentimentais de João Miramar*. Em 1920, Oswald e Mário de Andrade conhecem o escultor Victor Brecheret, que naquele ano apresentaria seu projeto para o *Monumento às Bandeiras*, instalado, depois, no Parque do Ibirapuera. Segundo Mário, Brecheret seria o "gatilho que faria *Pauliceia desvairada* estourar". E, em 1922, no Teatro Municipal de São Paulo, aconteceria a famosa Semana de Arte Moderna, marco da renovação modernista.

Não foi por acaso que a eclosão do Modernismo se deu na capital paulista. São Paulo passava, nesse período, por uma grande transformação econômica e social. A forte economia cafeeira e um não menos intenso processo de industrialização faziam da cidade um grande centro financeiro e comercial, atraindo, desde os anos finais da escravatura, um contingente expressivo de imigrantes, em sua maioria europeus que, inicialmente, vieram para trabalhar nas lavouras do estado, mas logo depois passaram a povoar os bairros periféricos da capital. Entre esses imigrantes, os italianos começaram a dar novos matizes à vida paulistana.

CARCAMANOS E COMENDADORES

Brás, Bexiga, Barra Funda, Mooca, Ipiranga. Para esses bairros afluiria a maior parte dos imigrantes italianos que chegavam a São Paulo. Provenientes de diferentes regiões da Itália, traziam sua cultura, seus dialetos, suas diferenças. A maioria era composta de operários, mas também havia pequenos e grandes comerciantes, até mesmo proprietários e industriais. As diferenças de classe permanecem, não importa para onde se vá.

Para esse mundo é que o olhar de Alcântara Machado se dirige. Sua sensibilidade consegue perceber as transformações que essa nova realidade acarreta para a metrópole. Uma dinâmica e inovadora configuração urbana se delineia e produz, segundo Alfredo Bosi, "mudanças de costumes, de reações psicológicas e, naturalmente, uma *fala* nova a espelhar os novos conteúdos".

NA INTIMIDADE DE ALCÂNTARA MACHADO

VOCAÇÃO E HERANÇA

Antônio Castilho de Alcântara Machado D'Oliveira nasceu em São Paulo, em 25 de maio de 1901, e faleceu no Rio de Janeiro, em 14 de abril de 1935, após complicações cirúrgicas. Era membro de uma das famílias mais tradicionais do estado, paulista desde o primeiro século de colonização.

Seu bisavô, o brigadeiro José Joaquim Machado D'Oliveira (1790-1867), foi presidente de cinco províncias, deputado, diplomata, historiador e geógrafo. Seu avô, Brasílio Augusto Machado D'Oliveira (1849-1919), foi jurista, tribuno, professor da Faculdade de Direito de São Paulo e barão da Santa Sé. Seu pai, José de Alcântara Machado D'Oliveira (1875-1941), foi advogado, professor e diretor da Faculdade de Direito de São Paulo, vereador, deputado e senador estadual (anterior à Revolução de 1930), constituinte em 1933, líder da oposição, senador federal, escritor, sócio efetivo da Academia Paulista de Letras e da Academia Brasileira de Letras. Sua mãe, Maria Emília de Castilho Machado, também vinha de tradicional família de Taubaté, no Vale do Paraíba, ponto de passagem de ouro e diamantes e, depois, centro cafeeiro.

De família tão proeminente, era de esperar que Alcântara Machado desse prosseguimento à herança de vida pública de seus antepassados. No entanto, outros caminhos lhe estavam reservados. Fez seus estudos primários no Colégio Stafford, e os secundários, no Ginásio São Bento, duas escolas tradicionalíssimas da cidade. Em 1919, ingressou na Faculdade de Direito de São Paulo, sendo mais um membro da família naquela instituição. Ainda como estudante de Direito, escreveu para jornais. Bacharelou-se em 1923, tendo sido orador da turma. Mas, tão logo deixou a faculdade, ingressou na carreira jornalística, tornando-se redator do *Jornal do Commercio*, de São Paulo. A partir de então, a advocacia e o jornalismo sempre caminhariam juntos, mas com um gosto especial pelo segundo.

Sua adesão ao Modernismo não se deu tão precocemente. Até esteve presente na Semana de 1922, mas apenas como espectador. Segundo consta, era um dos que vaiavam as conferências, não permitindo que os oradores fossem ouvidos – entre eles estava Mário de Andrade, que se tornaria seu amigo. Converteu-se aos ideais modernistas por intermédio de Oswald de Andrade, que, em 1926, prefaciou seu livro de crônicas de viagem *Pathé-Baby*, a estreia nas letras. No mesmo ano, dirigiu e publicou a revista *Terra Roxa... e Outras Terras*, com A. C. Couto de Barros, de caráter modernista. Em 1928, dirigiu, com Raul Bopp, a primeira "dentição" da *Revista de Antropofagia*, que durou dez números, até fevereiro de 1929, e foi o mais radical e importante veículo de difusão das ideias e obras modernistas na sua fase heroica, que vai até 1930. Depois, em 1931, com Paulo Prado e Mário de Andrade, fundou a *Revista Nova*, que também teria duração efêmera.

Em 1927, publicou *Brás, Bexiga e Barra Funda*, contos ambientados nos bairros de imigrantes italianos. Fosse apenas uma ambientação, essas curtas histórias não chegariam aos dias de hoje com tanto frescor. São os tipos humanos, que ali se encontram, o foco das narrativas. Deles é que Alcântara Machado retira o caldo grosso com que faz o livro. Seu trabalho de observador vai do garotinho que joga bola na rua e sonha andar de carro ("Gaetaninho") ao industrial enriquecido que busca prestígio social casando seu filho com a filha de uma tradicional família paulista decadente ("A sociedade"). Imigrantes pobres e ricos têm em comum apenas o desejo de se integrar à sociedade que os recebeu, ascendendo socialmente.

O livro foi bem recebido na época e apontado como renovador da prosa brasileira no gênero. O estilo é direto, conciso, não empolado, de frases curtas e orações coordenadas. Ao tratamento simpático destinado às personagens o autor acrescentou um sutil trabalho de linguagem que identifica o modo de falar ítalo-brasileiro que então se ouvia. Nesse sentido, é herdeiro do escritor Juó Bananère, que anos antes já utilizara a mistura em forma de sátira. Alcântara Machado não fez assim. Sua linguagem tem um caráter realista que intenta, condizente com as ideias modernistas, mostrar o aspecto coloquial da fala brasileira em suas diversas manifestações. Lembremos de Manuel Bandeira em "Poética": "Todas as construções sobretudo as sintaxes de exceção".

As intenções do livro o autor deixa claras já em sua abertura, em que diz que o "livro não nasceu livro: nasceu jornal" e que as histórias ali relatadas não passam de notícias, "acontecimentos de crônica urbana". Não obstante o tom que pretendeu dar ao livro, chamando a atenção do leitor para a objetividade das histórias e para uma imparcialidade do narrador, observa-se uma abordagem positiva das personagens em suas buscas por integração e ascensão social.

Em 1928, publicou *Laranja da China*, seu terceiro e último livro de ficção publicado em vida – ainda publicaria a monografia *Anchieta na Capitania de São Vicente*, no ano seguinte –, que, assim como o anterior, foi bem acolhido e lhe confirmou a fama de bom prosador. No mesmo ano, publicou no *Diário Nacional* um importante estudo sobre o dramaturgo norueguês Henrik Ibsen (1828-1906), assumindo, até o ano seguinte, a coluna de crítica teatral do jornal.

Fato importante em sua vida aconteceu em 1932, quando assumiu a superintendência da Rádio Record de São Paulo, acompanhando a Revolução Constitucionalista, que duraria de julho a outubro daquele ano. Parecia que o destino familiar lhe batia à porta. No ano seguinte, assumiu o cargo de secretário da bancada paulista junto à Assembleia Nacional Constituinte (1933-1934), transferindo residência para o Rio de Janeiro, sem abandonar a colaboração com os jornais. Em 1934, candidatou-se e foi eleito deputado federal por São Paulo pelo Partido Constitucionalista. Não chegou a assumir, pois, em abril de 1935, aos 34 anos, foi internado na Casa de Saúde São Sebastião, no Rio de Janeiro, para uma operação de apêndice. Atacado por uma peritonite infecciosa, faleceu às 14h45 do dia 14, sendo sepultado após dois dias no mausoléu da família, no Cemitério da Consolação, em São Paulo. Teve aí interrompida precocemente uma promissora carreira de escritor e, talvez, de político, como tanto desejava seu pai.

Em 1936, postumamente, deu-se a público o romance inacabado *Mana Maria*, junto de contos dispersos publicados em jornais, alguns de excelente qualidade. Em 1940, saiu o volume de crônicas e artigos jornalísticos *Cavaquinho e Saxofone*, que abrange o período de 1926 a 1935, além dos relatos de sua segunda viagem à Europa (1929-1930) e de sua viagem a Montevidéu e Buenos Aires (1935).

NAVEGANDO PELO MODERNISMO

AS VANGUARDAS

As vanguardas europeias do início do século XX formam um caudal de tendências estéticas que refletem, primeiro, a insatisfação com as estéticas advindas do século anterior e, segundo, as enormes transformações por que passavam o mundo e a mentalidade dos homens: progresso técnico, crescimento das cidades, Primeira Guerra Mundial. Os homens do século XX perceberam que mudanças radicais deveriam ser feitas e tomaram essa iniciativa de forma contundente e jamais vista em toda a história da arte. Futurismo, expressionismo, cubismo, dadaísmo e surrealismo são faces de um modo de se expressar múltiplo, cujo único ponto em comum é a liberdade formal. Se isolados, cada um dos movimentos apresenta erros e equívocos, mas, no conjunto, nos legaram o direito à pesquisa estética e à busca por meios únicos de expressão. A realidade complexa dos primeiros anos do século levou os artistas a procurar uma nova maneira de interpretar a realidade. O Brasil vivia situação semelhante.

A REPÚBLICA VELHA

Os primeiros anos após a Proclamação da República não foram nem um pouco tranquilos. Dois presidentes militares não conseguiram dar rumos para um sistema político recém-adotado e uma situação econômica delicada. Insatisfações pululavam de todos os cantos. A eleição de um presidente civil, em 1894, em nada melhorou a situação, pois naquele momento grupos rurais oligárquicos se alternariam no poder apenas para satisfazer seus próprios interesses, no período chamado "café com leite".

Enquanto os grandes ruralistas de São Paulo e Minas Gerais acumulavam benefícios, o restante do país era relegado a um tratamento de segunda linha. Revoltas de fundo religioso, no Nordeste, como em Canudos, revoltas burguesas no Sudeste, como as de militares no Rio de Janeiro, e movimentos grevistas em São Paulo, de raízes anarquistas, ilustravam bem as pressões sociais que empurravam o país para um impasse nos anos 1910. Esse era o caldo social em que os artistas brasileiros estavam inseridos.

Mas somente isso não bastaria para produzir a arte moderna no Brasil. Foi necessário que artistas fossem à Europa, estabelecessem contatos com as vanguardas emergentes e trouxessem novas ideias. Assim aconteceu com Anita Malfatti, que, em 1913, foi estudar na Alemanha e lá conheceu o Expressionismo; com Oswald de Andrade, que, em 1912, divulgou as ideias futuristas de Tommaso Marinetti; com Ronald de Carvalho, que, em 1915, estava à frente da principal revista de divulgação do Futurismo em Portugal, o *Orpheu*, ao lado de nomes como Fernando Pessoa e Mário de Sá-Carneiro. Trazidas essas ideias, embora nem sempre corretamente assimiladas, os artistas brasileiros começaram a se agrupar, dando efervescência aos seus sentimentos e ideais.

O ESTOPIM E A SEMANA DE ARTE MODERNA

Como se sabe, a exposição de Anita Malfatti, em 1917, e o artigo de Monteiro Lobato, "Paranoia ou mistificação?", foram o grande estopim para que os artistas modernistas passassem a agir mais assertivamente. A crítica injusta e equivocada de Lobato deu a todos os defensores das ideias modernas um objetivo e um alvo comuns: os passadistas.

Em sua crítica, Lobato define bem as suas crenças estéticas. De acordo com o escritor, "as medidas da proporção e do equilíbrio na forma ou na cor decorrem do que chamamos sentir". Em razão desse vínculo entre sentimento e forma, entre a nossa percepção da realidade e a própria realidade, quando dizemos que sentimos algo, é porque o "mundo externo" transforma se em "impressões cerebrais". A partir desse raciocínio, Lobato acredita que, para sentirmos "de maneira diversa, cúbica ou futurista", seria preciso que "a harmonia do universo sofra completa alteração" ou então que o cérebro do artista "esteja em desarranjo por virtude de algum grave destempero".

Lobato é direto: a arte moderna é sintoma de um problema mental, uma deformação do modo de pensar que leva a enxergar a realidade como um doente, um lunático. A agressividade do texto de Lobato mexeu com os brios de muitos, pode-se dizer.

A partir de então, em defesa da pintora, juntaram-se Oswald de Andrade, Mário de Andrade, Di Cavalcanti, Menotti Del Picchia,

Guilherme de Almeida e outros. Estava fundado o terreno para a Semana de Arte Moderna.

De 13 a 17 de fevereiro de 1922, no Teatro Municipal de São Paulo, aconteceu a Semana, composta de exposições, conferências e apresentações artísticas. Como já se esperava, não foram noites muito calmas, pois a plateia se mostrou bastante hostil às novidades. A noite de 15 de fevereiro foi a mais conturbada. A conferência de Menotti Del Picchia foi bastante vaiada. Outros momentos polêmicos e que tiveram também repercussão negativa da plateia foram as leituras de obras modernistas, como a do poema "Ode ao burguês" de Mário de Andrade, declamado pelo próprio autor.

Nessa mesma noite Mário de Andrade leu trechos de *A escrava que não é Isaura* nas escadarias do teatro. Seu depoimento é antológico: "Mas como tive coragem pra dizer versos diante duma vaia tão barulhenta, que eu não escutava no palco o que Paulo Prado me gritava da primeira fila das poltronas?... Como pude fazer uma conferência sobre artes plásticas, na escadaria do Teatro, cercado de anônimos que me caçoavam e ofendiam a valer?". Vê-se que o clima não era dos melhores. Apenas a última noite, mais vazia, é que se restringiu aos limites da civilidade.

Apesar da recepção hostil, a Semana de Arte Moderna adquiriu ao longo do tempo grande ressonância histórica. Reuniu os diversos artistas em nome da liberdade de pesquisa estética, sacudiu a intelectualidade acomodada pelo Parnasianismo e demais correntes passadistas e colocou em evidência uma geração de artistas que, ao longo da década de 1920, iniciaria uma inquestionável renovação formal nas artes brasileiras, tendo desdobramentos até os dias de hoje. A fase heroica do Modernismo brasileiro, que se abriria em tendências mais ou menos radicais a partir de então, da antropofagia libertária de Oswald de Andrade ao reacionarismo fascista do grupo da Anta, que propunha um nacionalismo mais puro, sem inspirações estrangeiras, é fase fundamental para o entendimento da arte que virá depois. Nesse contexto é que se insere Alcântara Machado.

PASSEANDO PELOS CAMINHOS DE ALCÂNTARA MACHADO

No fim do século XIX, São Paulo contava com aproximadamente trinta mil habitantes. Era uma cidade pequena, provinciana, cujo núcleo populacional não ultrapassava muito os limites do que é hoje o centro histórico: o triângulo formado pelas ruas Direita, São Bento e XV de Novembro. Os bairros fora do centro – Santa Cecília, Campos Elíseos, Santa Ifigênia – eram chamados de "cidade nova". Fora desse núcleo, muitas chácaras e fazendas que abasteciam a cidade. As construções ainda eram de barro, a taipa de pilão, com grossas paredes de pau a pique. Viajantes da época relatam o clima aprazível que se encontrava na região.

Esse aspecto bucólico começou a mudar radicalmente com a construção de uma nova Estação da Luz, no final do século, de forma que atendesse à demanda de mercadorias e passageiros e estivesse de acordo com o crescente enriquecimento da cidade. O dinheiro do café, o aumento considerável de indústrias na cidade e as demandas criadas por uma população em crescimento foram os principais fatores que levaram a uma preocupação urbanista por parte dos governantes.

Bairros como Brás, Mooca e Ipiranga só começaram a se urbanizar quando levas de imigrantes passaram a habitar essas regiões, estabelecendo novas necessidades. No começo dos anos 1920, período coberto pelos contos de Alcântara Machado, já eram bairros populosos, servidos por transporte público, os bondes, e majoritariamente habitados por imigrantes, italianos em especial.

No entanto, as histórias de *Brás, Bexiga e Barra Funda* não mostram apenas esses núcleos de imigração. Outras regiões da cidade são utilizadas como pano de fundo para as histórias e têm importância para o entendimento das relações sociais da época. A região próxima à Praça da República era de comércio chique, com lojas finas, frequentadas por pessoas da alta sociedade. Carmela, do conto homônimo, trabalhava como costureira na Rua Barão de Itapetininga e, ali próximo, na Rua do Arouche, é paquerada pelo dono de um carro caríssimo. No conto "Armazém Progresso de São Paulo", Dona Bianca, esposa do proprietário do armazém, o italiano Natale Pienotto, sonha sair do Bexiga para um palacete da Avenida Paulista. A geografia da cidade na época é símbolo para a ascensão social das personagens. Do bairro operário do Brás ao bairro comercial do Bexiga, e deste aos palacetes dos grandes fazendeiros e industriais da Avenida Paulista, sempre em caminho ascendente. A cidade expandiu-se absurdamente desde então, mas a Avenida Paulista continua simbolizando o centro do poder econômico de São Paulo. Nem tudo muda.

CONHECENDO BRÁS, BEXIGA E BARRA FUNDA

O ESPAÇO

Brás, Bexiga e Barra Funda eram bairros de forte presença imigratória, principalmente de italianos. Estabelecidos no Brasil quando o sistema escravocrata já entrava em colapso, os italianos inicialmente se dirigiram às zonas rurais para substituir o trabalho escravo nas lavouras de café. Muitos perceberam que o sistema escravocrata só mudara de nome e que a exploração do homem, agora em um novo contexto, permanecia. Passaram, então, a se dirigir às grandes cidades, principalmente São Paulo, estabelecendo-se em bairros pobres. Brás, Mooca e Ipiranga receberam grande parte desses imigrantes empobrecidos. Os de melhores condições, comerciantes em geral, podiam morar na Barra Funda ou no Bexiga. Aos imigrantes ricos, industriais de sucesso, como o conde Francisco Matarazzo, estavam reservados os grandes casarões da Avenida Paulista.

O que realmente interessava a Alcântara Machado, nos dizeres de Francisco de Assis Barbosa, "era o filho do imigrante em toda a sua violenta integração social, sem nenhum polimento, muito menos estragado pelo dinheiro, o filho do carcamano no duro, o 'intalianinho', como saborosamente deturpado passou a ser designado pelo povo o novo 'mamaluco'". Assim, suas histórias enfocam especialmente aquelas personagens que estão entre dois mundos: a Itália de seus pais e avós e o Brasil onde nasceram e do qual querem fazer parte. Era o "fenômeno ítalo-brasileiro" em seus primórdios, que hoje tão facilmente se encontra na cultura da cidade de São Paulo.

OS CONTOS

Na introdução que escreveu para o livro, chamada "Artigo de fundo", Alcântara Machado relembra as três raças que formaram o Brasil, chamadas de três raças tristes: o índio, o português e o negro. Delas se formaram os mamalucos, filhos de portugueses com índias e de portugueses com negras. Os terceiros mamalucos, o autor explica: "Então os transatlânticos trouxeram da Europa outras raças aventureiras. Entre elas uma alegre que pisou na terra paulista cantando e na terra brotou e se alastrou como aquela planta também imigrante que há duzentos anos veio fundar a riqueza brasileira.

Do consórcio da gente imigrante com o ambiente, do consórcio da gente imigrante com a indígena nasceram os novos mamalucos".

E como foi essa integração aos olhos de Alcântara Machado?

"Gaetaninho" é o conto que abre o livro. O menino do título é como qualquer moleque que se encontra, hoje, em uma rua de periferia: gosta de jogar bola, apronta das suas, sonha com dias melhores e é um pouco avoado. Seu grande sonho é andar de carro pela cidade, já que a ralé do bairro, quando muito, anda de bonde. Carro só em dia de enterro. Tem inveja de Beppino, um colega de futebol, que já atravessara a cidade de carro quando uma tia se mudara para o Araçá[1]. Mesmo criança, Gaetaninho já projeta em si desejos de ascensão social, aqui simbolizados pelo automóvel, veículo que só os ricos podiam ter. O conto é trágico, mas o pobre menino desperta rapidamente nossa empatia.

O mesmo desejo de ascensão move Carmela, no conto homônimo. Costureirinha que trabalha na região da Rua Barão de Itapetininga, centro da cidade, Carmela é paquerada por um endinheirado de automóvel, que a convida para dar um passeio. Mas Carmela tem um outro pretendente, o Ângelo Cuoco, italianinho esticado com pinta de galã. A moça é assediada pelo rapaz do Buick (automóvel chique) e cede aos seus encantos, deixando o italiano na mão. Em outro patamar, o desejo de ascensão social move a personagem a deixar seu gueto de imigrantes e integrar-se à vida paulista e a paulistanos legítimos.

Exemplar nesse aspecto é o conto "A sociedade". Ascender socialmente não é apenas ter dinheiro, mas ser aceito e respeitado por aqueles que compõem a alta sociedade. Para tanto, é necessário *status*. E *status* deve ser conquistado. Adriano Melli é filho do Cavaliere Ufficiale Salvatore Melli, industrial enriquecido, proprietário de uma fábrica de tecidos. Adriano está interessado na filha do conselheiro José Bonifácio de Matos e Arruda, de tradicional família paulista, proprietária de terras, mas que já não tem as mesmas rendas para manter a posição confortável que sempre gozara. Para a esposa do conselheiro, a questão é clara: "Filha minha não casa com filho de carcamano!". O moço pretendente sabe da resistência e é nesse ponto que entra o pai, Salvatore. Tudo se arruma: os interesses amorosos dos filhos com os econômicos dos pais. O *cavaliere* procura o Conselheiro e lhe propõe um negócio, vantajoso para ambos. O orgulho da família paulista cede às cifras apresentadas pelo italiano, que, por sua vez, visa a dois objetivos: ser sócio e parente de uma família com sobrenome respeitado. Nada se fala sobre casamento, que virá apenas no momento apropriado e sem percalços. O final do conto reserva ainda uma ironia que bem mostra a condição social e as relações nem sempre harmônicas entre paulistas ricos e imigrantes.

---

[1] A passagem é irônica. Como diz o dito popular, os pobres só andavam de carro "em dia de enterro". No caso, a personagem atravessou a cidade de carro quando a tia "se mudara" para o Araçá, ou seja, para o cemitério que leva este nome.

Em "Gaetaninho", o autor já havia mostrado a presença do futebol na cultura da cidade de São Paulo. Jogado nas ruas por moleques, o futebol se popularizara – isso já no início dos anos 1920 –, deixando os redutos de alta sociedade, onde teve seu início, e atingindo as baixas camadas da sociedade paulistana, negros e imigrantes, que logo dariam nova riqueza ao jogo. Mais que isso, Alcântara Machado retrata, naquele momento, o que até hoje faz parte visceral da cultura paulistana, a passionalidade e rivalidade entre torcidas de futebol, em especial corintianos e palmeirenses. No conto "Corinthians (2) vs. Palestra (1)", observamos *in loco* as duas torcidas. Vejamos um trecho:

A arquibancada pôs-se em pé. Conteve a respiração. Suspirou.
– Aaaah!
Miquelina cravava as unhas no braço gordo da Iolanda. Em torno do trapézio verde a ânsia de vinte mil pessoas. De olhos ávidos. De nervos elétricos. De preto. De branco. De azul. De vermelho.
Delírio futebolístico no Parque Antártica.
Camisas verdes e calções negros corriam, pulavam, chocavam-se, embaralhavam-se, caíam, contorcionavam-se, esfalfavam-se, brigavam. Por causa da bola de couro amarelo que não parava, que não parava um minuto, um segundo. Não parava.

MACHADO, Antônio de Alcântara. *Brás, Bexiga e Barra Funda*: notícias de São Paulo. São Paulo: Saraiva, 2009. (Clássicos Saraiva). p. 37.

Miquelina é a protagonista do conto. Namora um jogador do Palestra, Rocco, zagueirão forte, após ter trocado de time e de namorado. Antes namorara Biagio, meia-direita do Corinthians, que conhecera na Sociedade Beneficente e Recreativa do Bexiga, lugar que não mais frequentava. Agora estava ela na arquibancada do estádio, torcendo para o seu Palestra e para o seu namorado. Do outro lado, no rival, o antigo amor, Biagio.

O Corinthians sai na frente, com gol de Neco, ídolo corintiano de 1913 a 1930. A reação de Miquelina é bem conhecida dos amantes do futebol: "Miquelina ficou abobada com o olhar parado. Arquejando. Achando aquilo um desaforo, um absurdo". E a torcida gritava e pulava e repetia gooooool. Mas a alegria não durou muito, pois minutos depois o Palestra empatou com Imparato, provavelmente Gaetano Imparato, o primeiro de quatro irmãos que defenderam o time. No intervalo de jogo, Miquelina manda um recado para que Rocco quebrasse o Biagio, pois ele era um perigo. A consequência não podia ser outra: Rocco cumpre a tarefa, mas comete pênalti. É o próprio Biagio quem bate e concretiza a vitória do Corinthians. A ironia do conto, no entanto, ainda está reservada para o final. *La donna è mobile*, já diz a canção italiana, e Miquelina, triste e despeitada, irá rever seus sentimentos e interesses.

O último conto, "Nacionalidade", fecha simbolicamente o roteiro da imigração italiana no Brasil. O barbeiro Tranquillo Zampinetti tem um salão na Rua do Gasômetro. Não esquece sua Itália, desejando retornar um dia. Só fala italiano, mas os dois filhos nada querem saber da língua, para desgosto do pai. São brasileiros e assim querem ser vistos. O barbeiro prospera, aumenta o salão, compra outros prédios. Os filhos crescem, o mais velho, Lorenzo, se casa, trabalha numa boa firma e dá um neto ao pai. O mais novo, Bruno, o que mais repudia a ascendência italiana, se forma bacharel na Faculdade de Direito de São Paulo. O pai abraça o filho com orgulho. A Itália já está distante e nem mesmo o desejo de voltar preocupa o ex-barbeiro. Os filhos têm suas vidas estruturadas no Brasil: são brasileiros. Resta, agora, um último gesto, para pôr fim ao livro e ao retrato da imigração: o filho bacharel dá entrada no processo de naturalização do pai. Está fechado o ciclo e concluído o livro.

EXPRESSÕES ARTÍSTICAS DE BRÁS, BEXIGA E BARRA FUNDA

AUDIOLIVRO

- *Brás, Bexiga e Barra Funda.* (Audiolivro). Voz de Cristina Mutarelli. Editora Livro Falante.

TELEVISÃO

- *Gaetaninho.* Contado por Antônio Abujamra. Programa Contos da Meia-Noite. TV Cultura, 3 de maio de 2004.
- *Carmela.* Contado por Beth Goulart. Programa Contos da Meia-Noite. TV Cultura, 1.º de junho de 2004.
- *A sociedade.* Contado por Giulia Gam. Programa Contos da Meia-Noite. TV Cultura, 3 de março de 2004.

QUADRINHOS

- *Brás, Bexiga e Barra Funda*. Adaptação em quadrinhos. Roteiro e desenhos de Jô Fevereiro. São Paulo: Escala Educacional, 2006.

OBRAS DE ANTÔNIO DE ALCÂNTARA MACHADO

Conto
- *Brás, Bexiga e Barra Funda*, 1928
- *Laranja da China*, 1928
- *Novelas paulistanas*, 1961

Ensaio
- *Anchieta na Capitania de São Vicente*, 1928

Romance
- *Mana Maria*, 1936 (romance inacabado)

Crônica
- *Pathé-Baby*, 1926
- *Cavaquinho e Saxofone*, 1940 (póstuma)

BIBLIOGRAFIA

ANDRADE, Mário de. *Aspectos da literatura brasileira*. 6. ed. São Paulo: Martins Fontes, 1978.

BARBOSA, Francisco de Assis. *Antônio de Alcântara Machado:* trechos escolhidos. 2. ed. Rio de Janeiro: Agir, 1970. (Nossos clássicos).

BOSI, Alfredo. *História concisa da literatura brasileira*. 39. ed. São Paulo: Cultrix, 1994.

CARELLI, Mário. *Carcamanos e comendadores*. São Paulo: Ática, 1985.

_____. *Novelas paulistanas*. Belo Horizonte: Itatiaia/São Paulo: Edusp, 1988.

MACHADO, Antônio de Alcântara. *Brás, Bexiga e Barra Funda:* notícias de São Paulo. Belo Horizonte: Vila Rica, 1994.

_____. *Brás, Bexiga e Barra Funda:* notícias de São Paulo. 2. ed. Apresentação de Francisco Achcar. São Paulo: Objetivo, 1999.

MARTINS, Wilson. *O modernismo*. São Paulo: Cultrix, 1965.

PAES, José Paulo. Cinco livros do modernismo brasileiro. *Revista Estudos Avançados*, V. 2, n. 3, p. 88-106, dez. 1988.

SILVA BRITO, Mário da. Antecedentes da Semana de Arte Moderna. In: *História do modernismo brasileiro*. São Paulo: Saraiva, 1958.

SODRÉ, Nelson Werneck. *História da literatura brasileira:* seus fundamentos econômicos. 5. ed. São Paulo: Civilização Brasileira, 1969.

TELES, Gilberto Mendonça. *Vanguarda europeia e modernismo brasileiro*. 2. ed. Petrópolis: Vozes, 1973.

TOLEDO, Benedito Lima de. *São Paulo:* três cidades em um século. 3. ed. São Paulo: Cosacnaify/Duas Cidades, 2004.

CONTEXTUALIZAÇÃO HISTÓRICA

APRESENTAÇÃO

O Modernismo é fruto de uma crise de consciência do homem do século XX, que não consegue mais enxergar o mundo por meio de um olhar como o dos artistas do neoclassicismo. A Primeira Guerra Mundial foi o ponto culminante dessa crise, dinamitando muitas certezas. As crises políticas e econômicas, o crescimento assustador das cidades, o progresso industrial e tecnológico e as novas formas de exploração social desencadearam uma das maiores mudanças de mentalidade já testemunhadas na história.

O surgimento das diversas linhas de vanguarda na Europa mostrou a diversidade de caminhos que o artista poderia lançar mão para atingir o seu modo único de expressão. Há, nesse sentido, fortes raízes românticas e anticapitalistas no Modernismo, uma vez que as maiores críticas se dirigem exatamente à sociedade de estrutura burguesa.

A peculiaridade do Modernismo no Brasil se daria pela busca de um nacionalismo orgânico e crítico, diferente do praticado pelo Romantismo, intentando inserir a arte brasileira na linha de frente das conquistas estéticas da arte moderna. Daí talvez, muitas vezes, o seu caráter contraditório, de importação de ideias estrangeiras e releitura da história nacional. Também aí residiriam suas vertentes mais conservadoras, como em Plínio Salgado, e outras de maior ruptura, como em Oswald de Andrade.

Os textos a seguir tentam captar um pouco desse contexto em que está imerso o autor de *Brás, Bexiga e Barra Funda*. Antônio de Alcântara Machado, um pouco mais novo que os principais líderes do Modernismo, Mário de Andrade e Oswald de Andrade, viveu e analisou o período crucial da consolidação dos ideais modernistas, em que as blagues (relatos irreverentes), os manifestos, as revistas literárias e principalmente as obras fundantes da modernidade brasileira, como *Macunaíma, Memórias sentimentais de João Miramar, Pau-brasil* e *Brás, Bexiga e Barra Funda*, sacudiram a intelectualidade brasileira.

EMPATIA E SÍNTESE NOS CONTOS DE ALCÂNTARA MACHADO

Nos contos de Alcântara Machado, os italianos e os "intalianinhos" são vistos por outra ótica. A minuciosa atenção posta pelo contista no registrar-lhes os torneios de expressão, o modo de vestir e de comportar-se, os ambientes onde viviam e conviviam, as metas e ambições que lhes norteavam a conduta, revela por si só, para além da escrupulosidade do simples repórter sem "partido nem ideal", que, no prefácio do *Brás, Bexiga e Barra Funda*, ele diz ser uma indisfarçável empatia de visão. Esta se voltava menos para imigrantes bem-sucedidos como o Cav. Uff. Salvatore Melli, o industrial do conto "A sociedade", do que para gente humilde como o garoto de rua de "Gaetaninho", a costureirinha de "Carmela", o cobrador de ônibus de "Tiro de guerra n.º5", o barbeiro de "Amor e sangue", a menina pobre de "Lisetta", o órfão matreiro de "Notas biográficas do novo deputado" e assim por diante. Não é argumento contra a autenticidade da empatia de visão tais "aspectos da vida trabalhadeira" dos ítalo-brasileiros (a frase aspeada é ainda do prefácio do livro) terem sido observados sob a lente da caricatura, do outro lado da qual se poderia discernir, igualmente deformado pelo vidro de aumento, o olhar de superioridade entre compassiva e curiosa do paulista bem-nascido. O mesmo traço caricatural está presente nos contos de *Laranja da China* (1928), cujos personagens nada têm de ítalo-paulistas, mas ostentam sobrenomes lidimamente portugueses. O gosto da caricatura era indissociável do espírito de 22 e Alcântara Machado o cultivou regularmente nos seus contos, nas crônicas de viagem de *Pathé-Baby* (1926) e nos artigos de jornal postumamente reunidos em *Cavaquinho e Saxofone* (1940). [...]

O minuto de vida é fixado nos contos de *Brás, Bexiga e Barra Funda* por uma técnica de síntese que parece haver recrutado seus recursos na caricatura, no jornalismo e no cinema. Da primeira vem a economia de traços com que o caráter de cada personagem é esboçado; do segundo, a fatualidade do enfoque e a direitura do modo de narrar; do último, a montagem da efabulação em curtos blocos ou tomadas descontínuas. A técnica narrativa de Alcântara Machado deixaria inclusive uma marca indelével no conto brasileiro, rastreável desde Marques Rebelo até Dalton Trevisan.

PAES, José Paulo. Cinco livros do modernismo brasileiro. *Revista Estudos Avançados*, v.2, n. 3, p. 105-106, dez. 1988.

A CONFIGURAÇÃO SOCIAL BRASILEIRA

A chamada República Velha (1894-1930 aprox.) assentava-se na hegemonia dos proprietários rurais de São Paulo e de Minas Gerais, regendo-se pela política dos governadores, o "Café com leite", fórmula que reconhecia à lavoura cafeeira somada à pecuária o devido peso nas decisões econômicas e políticas do país.

A solidez desse regime dependia, em grande parte, do equilíbrio entre a produção e as exportações de café; o que foi cedo previsto pelos grandes fazendeiros, que delegaram ao Estado o papel de comprador dos excedentes para garantia de preços em face das oscilações do mercado.

É claro que a camada de "nobreza" fundiária, via de regra conservadora, não esgotava a faixa do que se costuma chamar "classes dominantes". Havia, num matizado segundo plano, atuante e válido em termos de opinião: uma *burguesia industrial* incipiente em São Paulo e no Rio de Janeiro; *profissionais liberais*; e, fenômeno sul-americano típico, um respeitável grupo intersticial, o *Exército*, que, embora economicamente preso aos estratos médios, vinha exercendo desde a proclamação da República um papel político de relevo.

O quadro geral da sociedade brasileira dos fins do século vai se transformando graças a processos de urbanização e à vinda de imigrantes europeus em levas cada vez maiores para o centro-sul. Paralelamente, deslocam-se ou marginalizam-se os antigos escravos em vastas áreas do país. Engrossam-se, em consequência, as fileiras da pequena classe média, da classe operária e do subproletariado. Acelera-se ao mesmo tempo o declínio da cultura canavieira no Nordeste que não pode competir, nem em capitais, nem em mão de obra, com a ascensão do café paulista.

BOSI, Alfredo. *História concisa da literatura brasileira*. 39. ed. São Paulo: Cultrix, 1994. p. 303-304.

Em seus aspectos econômicos, sociais e culturais, a imigração italiana foi um fenômeno de grandes proporções, no Brasil e especialmente em São Paulo. Neste estado, os italianos, já em 1900, representavam 16% da população. Eles se encaminharam, inicialmente, para as fazendas de café do interior; depois se concentrariam em cada vez maior número na capital do estado, especialmente nos bairros do Brás, Bexiga e Barra Funda. Destes bairros, espalharam-se por toda a cidade e quase nada deixou de sofrer sua influência. Um dos aspectos centrais do influxo cultural italiano se nota na língua, no que se pode chamar o dialeto paulista, que apresenta italianismos de todo o tipo, no vocabulário, na sintaxe e na fonética. Esses italianismos de tal forma se generalizaram, que aparecem na linguagem de pessoas de todas as classes sociais, independentemente de terem origem italiana.

A sociedade paulista mais tradicional reagiu aos italianos com o preconceito que se exprimia já no termo pejorativo com que eram tratados: *carcamanos*. A atitude preconceituosa era não apenas resultado da aversão ao imigrante; era, mais ainda, uma atitude de defesa. A aversão seria em parte superada e em muitos casos substituída por atração e fascínio; a defesa foi se mostrando inútil e deu lugar, não poucas vezes, a associações enriquecedoras, tanto em casamentos, quanto em negócios.

ACHCAR, Francisco. Apresentação. In: MACHADO, Antônio de Alcântara. *Brás, Bexiga e Barra Funda*: notícias de São Paulo. 2. ed. São Paulo: Objetivo, 1999. p. 9.

AS VANGUARDAS EUROPEIAS E SEU LEGADO

De um modo geral, todos esses movimentos estavam sob o signo da desorganização do universo artístico de sua época. A diferença é que uns, como o futurismo e o dadaísmo, queriam a destruição do passado e a negação total dos valores estéticos presentes; e outros, como o expressionismo e o cubismo, viam na destruição a possibilidade de construção de uma nova ordem superior. No fundo eram, portanto, tendências organizadoras de uma nova estrutura estética e social. É possível ordenar esses movimentos em duas frentes opostas e, ao mesmo tempo, unidas por um princípio comum – o da renovação literária. Se futurismo e dadaísmo representam a destruição, a face microscópica da poesia, o expressionismo e o cubismo (e a sua natural evolução para o *esprit nouveau*) representam a construção, o lado mágico das coisas, a beleza interior e só percebida na recomposição simbólica a que se reduzem os elementos culturais da humanidade. E é precisamente nessa redução que se opera a grande contribuição poética das vanguardas europeias, porquanto destruição e construção se apresentam, afinal, como as duas faces de uma mesma realidade: a expressão ordenada ou caótica do universo, seja ele o mundo exterior ou a dimensão psicológica da vida interior. Daí o papel essencial desempenhado pela linguagem. É sobre ela que atuam as primeiras forças destruidoras do futurismo e as tentativas de pulverização do dadaísmo cujos ecos atingem a poesia brasileira, como na poesia concreta ou, mais ainda, no poema de processo em que a palavra se vê completamente eliminada; é sobre ela ainda que atuam as forças mágicas da significação metafórica do expressionismo, a geometrização dos cubistas e, num plano realmente superior, o movimento que, através da ciência ou da magia, pôde mais rigorosamente sondar a sub ou super-realidade da alma humana: o surrealismo.

TELES, Gilberto Mendonça. *Vanguarda europeia e modernismo brasileiro.* 2. ed. Petrópolis: Vozes, 1973. p. 10-11.

ENTREVISTA IMAGINÁRIA

ANTÔNIO DE ALCÂNTARA MACHADO

por Davi Fazzolari

Levei pela alça uma das últimas tias que emoldurara minha infância. O caminho lento pelas estreitas alamedas do Cemitério da Consolação traçava um destino modernista e estaquei ante o túmulo de Antônio de Alcântara Machado. Gaetaninho, Carmela, Nicolino, o conselheiro José Bonifácio de Matos e Arruda... todos foram chegando — como em um reenterro — à sobrepeliz de lembranças semirreligiosas de leitor.

— Foi um grande homem.

Sobressalto natural, a princípio. Mas, para alívio imenso não era nenhum deles. Um homem de idade já bastante larga e avançada observava atento o contorno da tumba e das inscrições que identificavam o sepultado. O sol dourava a placa [ga]sta.

Arrisquei:

— Leu suas obras?

— Mais do que isso, meu jovem. Bem mais do que isso...

A julgar pela aparência, não reconhecia qualquer crítico ou especialista. Segundou:

— Eu estava lá, bem antes da hora.

— Desculpe, mas eu... não... entendo...

— A situação era crítica, mas o cirurgião só chegaria pela manhã. Eu servia-lhe chá. Que mais podia fazer? Servi chá e um caldo bem ralo durante toda noite, entre gemidos e pílulas. Quando amanheceu, aquele desespero. E depois, bem cedo, já era tarde.

Respeitei seu silêncio e ameacei seguir meu caminho. Sua mão insistiu sobre meu ombro.

— Tenho o inventário da última noite...

— Mas, então, conheceu o grande Alcântara Machado, pessoalmente?

— Tudo porque tinha um rádio. Pensando bem, foi porque lhe emprestei o rádio. Ele ficava fascinado e falava o tempo todo que era preciso organizar o noticiário. E que ele ainda seria o redator das notícias lidas. Chamou-me até para ser seu assistente, mas como sabe...

— *Foi no mesmo ano, não é verdade? A Rádio Nacional do Rio...*

— Foi sim, no mesmo ano. No mesmo ano, no mesmo mês... Mas ele não conseguiu sair daquela cama e sua última viagem já foi dormindo. Dormindo, viu? Que ele não deixaria de sentir sua amada São Paulo pela última vez.

— *Foi no hospital que se conheceram, então?*

— Foram só alguns dias. Todos souberam da internação do deputado, isso sim. Porque ali era o deputado, ninguém sabia dos livros ou do Modernismo ou de São Paulo e nem de apendicite.

— *Não se importe tanto, amigo, já faz muito tempo.*

— Para um garoto de quinze anos, os acontecimentos têm mais peso. Eu estava lá ao lado do escritor que mudaria a minha vida. Quantos tiveram essa chance? E escapou.

— *O senhor me desculpe, mas devia ser muito jovem para estar...*

— Eu sei o que pensa — sorriu. — Eu não passava de um aprendiz na cozinha e, na ausência de enfermeiros, verificava o estado dos pacientes. É curioso pensar nisso, agora. Para ele era apenas um caldo bem ralinho — e mais uma vez o olhar foi ao chão.

Animei:

— De qualquer forma, conheceu-o, não é mesmo? E pelo visto conversaram ao ponto da amizade.

— O senhor já esteve internado alguma vez? São coisas da insegurança. Em um minuto os pacientes se tornam amigos dos enfermeiros, das mulheres da limpeza, dos médicos a quem oferecem seus melhores gracejos, sei lá por quê, da visita constante que recebe o acamado ao lado...

— Acho que tem razão. Ainda assim...

— Ainda assim, prometeu-me um cargo de assistente. De qualquer forma, mudou meu destino. Mudei-me do Rio de Janeiro para São Paulo e nunca mais saí daqui.

83

— É o que dizem. Os que vêm para cá acabam gostando mais da cidade do que nós mesmos.

— Foi o que ele disse. São Paulo era feita de seus filhos adotivos, não dos naturais. Os italianos moravam em seu coração. Tinham trazido a São Paulo o que faltava para uma grande cidade. A força do trabalho, o sindicato, a vontade, o passado europeu com danças, músicas, arquitetura.

— E nós, em nosso dia a dia, nem pensamos nisso.

Ofereci um banco. Apoiou-se em seu guarda-chuva e sentamos.

— Foi por isso que deixei o Rio e vim para cá. Eu queria salvar o Gaetaninho, oferecer um urso novo pra Lisetta, conferir a balança do Seu Corrado, consolar a Miquelina da derrota do Palestra...

— A literatura lhe arrebatou mais do que a cidade...

— Eu sabia que não, mas ele falava com tanta convicção que suas personagens eram antes pessoas que existiam mesmo, naqueles bairros do título, que não pude deixar de me envolver. Dizia ainda que não escrevia contos, mas publicava notícias do cotidiano.

— *Encontrou todos eles, afinal?*

— No começo me arrependi. No caminho eu já estava arrependido. Mas eu sabia que não tinha volta. E, depois, era uma maneira de mantê-lo vivo, ao menos em minhas buscas.

Experimentamos o silêncio.
Retomou.

— No último dia passou a me chamar de Osvaldo. Afirmava que eu devia logo me mudar para o Rio para montarmos um novo jornal. No Rio respirava-se o Modernismo desvairado. Era o que ele falava. Não pedia remédio, perguntava do rádio.

Foi quando notei que paráramos bem em frente ao túmulo de Oswald de Andrade.

— *Decerto, delirava.*

— Falei algumas vezes qual era o meu nome, mas depois aceitei o que me oferecia.

— *A propósito, ainda não trocamos nossos nomes, não é mesmo? Muito prazer, sou João Benedito — estendi a mão e provoquei um semissorriso em seu rosto, o que não foi suficiente para que ele me dissesse o seu nome. Julguei que não houvesse entendido meu gesto ou minha fala. De qualquer modo, esforçou-se para levantar-se, sempre apoiado em seu guarda-chuva. Ajudei.*

— A última noite não consegui esquecer. Cada gemido e cada palavra. Falou de todos e do modo como a cidade deveria resistir. Quando vim, acho que foi por impulso de suas últimas palavras.

— *Pois, então?*

— "Antes de tudo, registrar os fatos. Utilizamos a *língua brasileira* do Mário e o estilo do Alexandre Marcondes". Ria e soluçava ao falar do Bananère. "A revolução venceu!", repetia. "A revolução venceu!".

— *Delirava. Acho que reconheço essa fala de um de seus livros...*

— Talvez.

> *Despediu-se. Estendeu a mão e falou: "Antônio Vicente". Acho que cantarolava qualquer coisa.*

— *Cristo nasceu na Bahia, meu bem, e o baiano criou...*

CLÁSSICOS SARAIVA

TRISTE FIM DE POLICARPO QUARESMA
LIMA BARRETO

SENHORA
JOSÉ DE ALENCAR

AS TREVAS
E OUTROS POEMAS
LORD BYRON

ALBERTO CAEIRO
POEMAS COMPLETOS
FERNANDO PESSOA

O NAVIO NEGREIRO
E OUTROS POEMAS
CASTRO ALVES

O ALIENISTA
MACHADO DE ASSIS

CLÁSSICOS SARAIVA

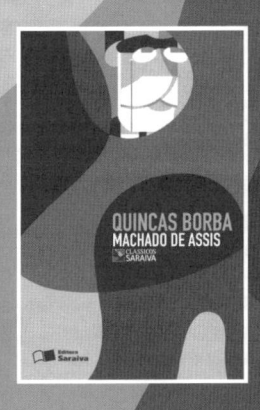

QUINCAS BORBA
MACHADO DE ASSIS
CLÁSSICOS SARAIVA
Editora Saraiva

BRÁS, BEXIGA E BARRA FUNDA
ANTONIO DE ALCÂNTARA MACHADO
CLÁSSICOS SARAIVA
Editora Saraiva

AMOR DE PERDIÇÃO
CAMILO CASTELO BRANCO
CLÁSSICOS SARAIVA
Editora Saraiva

O ATENEU
RAUL POMPEIA
CLÁSSICOS SARAIVA
Editora Saraiva

INOCÊNCIA
VISCONDE DE TAUNAY
CLÁSSICOS SARAIVA
Editora Saraiva

O GUARANI
JOSÉ DE ALENCAR
CLÁSSICOS SARAIVA
Editora Saraiva

CLÁSSICOS SARAIVA

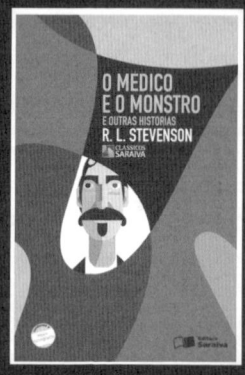